La bibliothèque des rêves secrets

MICHIKO AOYAMA

La bibliothèque des rêves secrets

ROMAN

Traduit du japonais
par Alice Hureau

J'AI LU

TITRE ORIGINAL
お探し物は図書室まで
(OSAGASHIMONO WA TOSHOSHITSU MADE)

ÉDITEUR ORIGINAL
POPLAR Publishing Co., Ltd.

Les droits de traduction en langue française
ont été négociés avec
POPLAR Publishing Co., Ltd., par l'intermédiaire de
The English Agency (Japon) Ltd et New River Literary Ltd.

Chapitre 1

Tomoka, 21 ans, vendeuse en prêt-à-porter féminin

Saya m'a envoyé un message pour m'annoncer qu'elle avait un petit ami. Je lui ai demandé : « Il est comment ? » Mais j'ai reçu pour toute explication : « Il est médecin. »

Ma question portait sur sa personne, or Saya a laissé de côté caractère et apparence pour me parler de son emploi. Les médecins ne sont pas tous pareils, pourtant.

Elle a sûrement répondu cela par souci de simplicité. Comme si son emploi exprimait son caractère. À dire vrai, même à moi, « médecin » évoquait une image stéréotypée.

Quelle indication sur mon caractère donnait mon travail vu de l'extérieur ? Un inconnu devinerait-il qui je suis ?

Sur un fond d'écran bleu ciel, la discussion s'est poursuivie au sujet de cet homme rencontré lors d'une soirée entre célibataires.

Saya venait de la même ville que moi. C'était mon amie depuis le lycée et elle me contactait de temps à autre, même depuis mon emménagement à Tokyo pour mes courtes études puis le travail.

« Et toi, Tomoka, comment va la vie ? »

Mes doigts se sont immobilisés un instant. Il n'y avait rien de neuf de mon côté.

J'ai tapé « Ça » et envoyé par erreur la première suggestion automatique de mon smartphone : « Ça va bien. » En vérité, je comptais répondre : « Ça va moyen. »

Je travaillais à Éden.

Vêtue d'un veston et d'une jupe droite noire, je gérais la caisse et conseillais les clients dans ce centre commercial au nom paradisiaque. Toute l'année, même en hiver, saison qui approchait à grands pas. Six mois s'étaient déjà écoulés depuis la fin de mes études et mon embauche.

Nous étions en novembre et le chauffage était allumé. Mes pieds transpiraient dans mes collants et mes chaussures à talons trop serrées. Je sentais mes orteils en sueur s'atrophier, collés les uns aux autres.

Dans le monde du travail, les femmes en tailleur sont toutes logées à la même enseigne, mais la particularité d'Éden était le port d'un chemisier couleur rose corail. Pendant ma formation, j'avais appris que l'entreprise avait fait appel à un célèbre coloriste. Le rose corail renvoie une image positive et douce, et il a aussi été adopté parce qu'il convient aux femmes de tous âges, ce que j'avais constaté depuis mon arrivée.

— J'ai pris ma pause déjeuner. C'est à vous, Fujiki, m'a lancé Numauchi, une employée à temps partiel de retour à la caisse. Son rouge à lèvres retouché brillait.

J'avais été affectée au rayon Prêt-à-porter féminin. Numauchi faisait figure de vétéran avec ses douze ans d'expérience. Le mois dernier, selon ses dires, elle avait atteint un nombre uniforme pour son anniversaire. Elle n'avait ni 44 ni 66 ans, alors j'en avais déduit qu'elle était âgée de 55 ans. Presque comme ma mère.

Le chemisier rose corail lui allait comme un gant. Il avait été choisi car notre équipe rassemblait un grand nombre d'employées à temps partiel d'un certain âge.

— Ces derniers temps, vous revenez à la toute dernière seconde. Corrigez cela, m'a-t-elle dit.

— Je suis désolée.

Même parmi les employées à temps partiel, c'était une meneuse. Elle faisait la police et était trop regardante, mais elle disait toujours vrai.

— J'y vais.

J'ai quitté ma caisse avec un discret hochement de tête à son attention. En passant dans un rayon, j'ai remarqué des articles en désordre et j'ai tendu la main pour les ranger lorsqu'une cliente m'a accostée :

— Dites…

Je me suis retournée. Probablement du même âge que Numauchi et sans maquillage, elle portait une vieille doudoune et un sac à dos élimé.

— À votre avis, lequel m'irait le mieux ?

Elle tenait un pull dans chaque main : un fuchsia avec col en V et un marron à col roulé.

Ici, on ne s'adressait pas aux clientes comme le feraient les vendeuses d'une boutique de mode. Moi, ça m'arrangeait, mais fatalement, nous devions leur répondre si elles venaient à nous.

J'aurais dû ignorer le rayon en désordre et prendre ma pause. Mais j'ai comparé les deux pulls, hésitante, puis désigné le fuchsia.

— Je trouve celui-ci plus éclatant.

— Ah bon ? Il n'est pas trop voyant pour moi ?

— Pas du tout. Mais si vous voulez un vêtement plus passe-partout, le marron est idéal, avec son col roulé bien chaud.

— Mais il est un peu terne.

Un dialogue stérile s'est installé. J'ai eu beau lui proposer de les essayer, elle a jugé cela fastidieux.

— Cette belle couleur vous irait bien.

À ces mots, l'ambiance a enfin changé.

— Vous croyez ?

Elle a observé attentivement le pull fuchsia et a relevé la tête.

— Alors je le prends.

Elle s'est glissée dans la file d'attente à la caisse. J'ai replié le pull marron et je l'ai rangé sur l'étagère. Ma pause de trois quarts d'heure venait d'être amputée de quinze minutes.

J'ai poussé la porte réservée au personnel et j'ai croisé une employée d'une marque de vêtements pour jeunes. Sa jupe évasée de qualité, avec un motif à carreaux blancs et vert mousse, virevoltait.

Ces employées des boutiques spécialisées et l'équipe rose corail travaillaient toutes à l'étage consacré à la mode ; elles, étaient joliment vêtues. Elles portaient sans doute des articles vendus dans leur magasin.

Éden paraissait chic avec de telles salariées aux cheveux ondulés tombant sur un chemisier vintage.

Je suis passée au vestiaire récupérer mon sac contenant mon repas et je me suis dirigée vers le réfectoire du personnel.

Au menu, nous n'avions le choix qu'entre nouilles *soba* ou *udon,* riz au curry, ou un plateau avec toujours les mêmes plats. J'y avais mangé plusieurs fois, mais un jour, la cantinière avait si mal réagi à mes protestations pour une erreur de commande que je n'avais plus jamais renouvelé l'expérience. Depuis, je m'y installais exclusivement pour avaler un petit pain acheté sur le trajet, dans une supérette ouverte jour et nuit.

Des touches de rose corail fleurissaient un peu partout dans le réfectoire. Ici et là étaient attablés le personnel masculin en chemise blanche et les employés des boutiques de mode, en tenue décontractée.

J'ai entendu un rire perçant tout près de moi, provenant d'un groupe de quatre employées à mi-temps. Habillées d'un tailleur, elles discutaient avec enthousiasme de leurs familles respectives. Elles avaient l'air de s'amuser. Les clients devaient nous considérer comme des membres de l'équipe rose corail, mais franchement, ces femmes m'effrayaient. Je ne pouvais pas rivaliser avec elles. Mais juste m'effacer et les observer de loin.

Je n'étais vraiment pas comme elles...

J'avais intégré Éden pour une raison : c'était la seule entreprise qui m'avait acceptée.

J'ignore ce qui m'avait incitée à postuler ici et dans diverses autres sociétés. De toute façon, je ne savais pas faire grand-chose, alors peu importait où j'obtenais un poste.

Quand j'ai été avisée, de manière informelle, de mon recrutement à Éden, j'étais si lasse de ma trentaine d'échecs successifs que je m'en suis satisfaite. Pour moi, l'essentiel était de pouvoir habiter à Tokyo.

Je n'ai jamais eu pour objectif d'y accomplir de grands projets. J'avais surtout envie de quitter la campagne.

Mon village natal, bien loin de la capitale, n'était que rizières à perte de vue. Il fallait quinze minutes en voiture pour atteindre la seule supérette sur la grande route. Les magazines vendus sur les étals avaient plusieurs jours de retard, il n'y avait ni cinéma ni grand magasin. Aucun restaurant digne de ce nom et, pour tout lieu de restauration, un petit établissement qui servait les mêmes menus. J'en ai eu assez dès le collège et j'ai voulu fuir au plus vite.

J'ai clairement été influencée par les séries télévisées diffusées sur les quatre chaînes disponibles. Je rêvais de Tokyo pour tout trouver sur place, pour vivre avec raffinement et passion comme une actrice. Alors je me suis appliquée dans mes études afin de réussir les examens d'entrée dans une université proposant un cursus court.

Juste après mon arrivée à Tokyo, j'ai réalisé que ce n'était qu'une vision idéalisée. Mais dans la capitale, cinq minutes de marche suffisaient à trouver des supérettes, et un train circulait toutes les trois minutes. En ce sens, Tokyo était réellement la ville parfaite. Je pouvais acheter des articles de première nécessité et des plats préparés dès que j'en avais besoin. Je me suis bien habituée à cette vie facile. Éden détenait plusieurs enseignes dans le Kantô, la région autour de Tokyo, et comme j'avais été engagée dans celui situé à un arrêt de train de chez moi, le trajet ne me fatiguait pas.

Mais parfois, une question me traversait l'esprit : que faire de mon avenir ?

Le désir irrésistible qui m'avait poussée à rejoindre la capitale et mon excitation face au changement s'étaient évanouis.

Rares étaient les habitants de mon village à avoir étudié ici. Tous me félicitaient, car à leurs yeux, j'étais « géniale », ce qui m'enchantait, mais en réalité, je n'avais rien de génial.

Rien ne me faisait véritablement envie, rien ne m'amusait ; je n'étais pas en couple, je souhaitais juste que ma vie cesse d'être insignifiante. Même en repartant pour la campagne, je resterais une incapable.

Je laisserais les années s'écouler en conservant mon poste à Éden. Sans ambition ni rêve, mon corps vieillirait en uniforme rose corail. En plus, comme je travaillais le week-end, je côtoyais de moins en moins mes amis, et ce n'était sûrement pas la seule raison mais je ne parvenais pas à trouver un petit ami.

Et si je changeais de travail ?

Cette idée m'a effleuré l'esprit à plusieurs reprises. Mais elle nécessitait une dépense folle d'énergie que je n'avais pas. Globalement, je n'avais aucune force. Penser à la rédaction de mon CV suffisait à m'épuiser.

Déjà, existait-il un travail que je sois en partie capable de faire, moi qui n'avais réussi qu'un recrutement après l'obtention de mon diplôme ?

— Ah, Tomoka ! m'a appelée Kiriyama, un plateau entre les mains.

C'était un jeune homme, employé chez un opticien du nom de ZAZ. Âgé de 25 ans, soit quatre ans de plus que moi, il était le seul ici avec qui je discutais en toute sincérité.

Voilà quatre mois qu'il avait rejoint la boutique. Comme il travaillait pour ZAZ et non Éden, il était parfois appelé en renfort dans d'autres magasins, si bien que je ne l'avais pas vu depuis longtemps.

Sur son plateau, un menu composé de chinchard pané et d'un bol de nouilles *udon* à la viande. Malgré son gros appétit, il était tout mince.

— Je peux m'installer là ?

— Oui !

Il s'est assis en face de moi. Derrière ses lunettes aux fines montures rondes qui lui allaient à ravir, son regard était chaleureux. Son travail lui correspondait à merveille. J'avais entendu dire qu'il avait démissionné pour prendre ce poste.

— Tu faisais quoi comme job avant ? l'ai-je interrogé.

— Je travaillais dans l'édition de magazines. Je participais à leur conception, j'écrivais des articles.

— Ah bon ?

Je ne l'imaginais pas dans une maison d'édition. Lui qui était doux et sociable me paraissait maintenant cultivé et intelligent. Au final, même notre expérience professionnelle donnait une image de nous-mêmes.

— Qu'est-ce qui te surprend ?

— C'est génial comme boulot !

Il a affiché un léger sourire, puis a aspiré ses nouilles.

— Mais bosser pour un opticien, c'est génial aussi !

— C'est vrai.

J'ai ri et grignoté mon hot-dog.

— Tomoka, tu répètes tout le temps « génial ».

— Ah ?

C'était bien possible.

Lorsque j'avais discuté avec Saya de son couple, j'avais sans doute utilisé ce mot plusieurs fois. Mais qu'est-ce que je trouvais génial ? Des compétences particulières ? La richesse des connaissances ? Des choses accessibles à une poignée de gens ?

Tout en buvant un lait-fraise, j'ai murmuré :

— Je me demande si je vais passer ma vie à Éden.

Kiriyama a haussé un sourcil.

— Qu'est-ce qu'il y a ? Tu veux changer de travail ?

Après une légère hésitation, j'ai répondu timidement :

— Oui… Disons que j'y réfléchis depuis peu.

— Tu comptes rester dans le commerce ?

— Non, j'aimerais être employée de bureau. Être libre de m'habiller comme je veux, en congé le week-end, avec une place attitrée. Je m'imagine bien déjeuner dans un restaurant près de l'entreprise avec mes collègues, critiquer nos supérieurs dans la cuisine…

— Tu ne parles même pas du travail…

Son rictus était plein d'amertume. Mais moi, j'ignorais totalement quel emploi me conviendrait.

— Si tu tiens le coup ici quelques années, tu pourras viser une mutation au siège, non ?

— Sûrement.

À Éden, une fois recrutée, on passait au moins trois ans sur le terrain. Ensuite, on pouvait en effet être transféré au siège si on en faisait la demande : au service des affaires générales, des ressources humaines, voire au service du développement, en charge des achats ou de l'événementiel. Du travail de bureau, donc.

Mais il y avait peu d'espoir que notre vœu se réalise. Quand on restait un certain temps en boutique, le plus probable était d'obtenir une promotion en tant que chef de section, comme Uejima, mon supérieur.

Lui qui d'ailleurs était loin d'être motivé. Voilà cinq ans qu'il avait pris ce poste, et à le voir, du haut de ses 35 ans, je me disais que dans le meilleur des cas, je finirais comme lui. On appelait ça une « promotion », mais le contenu du travail restait le même, on avait juste plus de responsabilités et, surtout, la gestion du personnel à temps partiel. J'étais terrorisée à cette seule idée. On percevait une légère augmentation de salaire, mais je n'avais pas assez confiance en moi pour faire ce métier.

J'ai demandé à Kiriyama :

— Comment tu as trouvé ton emploi chez ZAZ ?

— Je me suis inscrit sur un site spécialisé. J'ai fait mon choix parmi plein d'annonces.

Il a saisi son téléphone et m'a montré.

En renseignant le type d'emploi souhaité, son expérience et ses compétences, on recevait par e-mail les offres correspondantes. L'exemple de formulaire prérempli était très détaillé, avec des cases à cocher : qualifications, résultat au TOEIC, permis de conduire…

— Mais je n'ai que le niveau 3 au test d'anglais Eiken…

J'aurais au moins dû passer mon permis. Les habitants de mon village ne pouvant vivre sans voiture, ils prenaient des cours à l'auto-école durant les vacances de printemps, une fois leur diplôme du lycée obtenu. Prête à partir pour Tokyo, j'avais jugé cela inutile et j'avais profité de mes vacances. Quant au test d'anglais, le collège nous avait à moitié obligés à passer le niveau 3, diplôme sans aucune valeur.

Le paragraphe sur les compétences informatiques du formulaire d'inscription était encore plus précis, avec la maîtrise des logiciels Word, Excel, PowerPoint, et d'autres dont le nom m'était inconnu.

J'avais un ordinateur portable. Il m'avait servi à l'université pour des rédactions et mon mémoire de fin d'études. Mais depuis que j'étais entrée dans le monde du travail, je n'avais plus eu l'occasion d'écrire aucun texte. Du jour au lendemain, ma box était tombée en panne et j'avais eu la flemme d'en racheter une neuve et de la connecter au wi-fi. D'autant que je n'étais pas douée en informatique. Alors je n'avais jamais rallumé mon ordinateur. Mon smartphone me suffisait.

— Je sais plus ou moins utiliser Word pour écrire un texte, mais pas Excel.

— C'est un logiciel à connaître pour du travail de bureau.

— Mais prendre des cours est hors de prix.

— Les centres culturels ou d'arrondissement en proposent souvent, à des tarifs abordables pour les habitants du quartier.

— Ah bon ? me suis-je exclamée.

Chiffonnant le sachet vide de mon hotdog, j'ai regardé ma montre : il me restait moins de dix minutes. Je devais encore passer aux toilettes, et si je ne me rendais pas à ma caisse trois minutes avant l'heure, j'aurais Numauchi sur le dos.

J'ai fini mon lait-fraise et je me suis levée de ma chaise.

Le soir venu, j'ai fait une recherche sur mon téléphone avec les mots « arrondissement d'Hatori », où je vivais, « résidents », « cours d'informatique » et j'ai été étonnée du grand nombre de résultats.

Mes yeux se sont arrêtés sur « Centre social d'Hatori ». J'ai vérifié l'adresse : c'était à deux pas de chez moi. Il semblait associé à une école primaire à moins de dix minutes à pied.

Selon leur site officiel, ils proposaient divers cours et manifestations : *shôgi*, *haïku*, rythmique, danse hawaïenne, gymnastique. Ils organisaient assez régulièrement des ateliers d'*ikebana*, par exemple. Tous les habitants de l'arrondissement pouvaient participer.

J'ignorais qu'une école primaire offrait ce genre de services. En trois ans de vie ici, c'était la première fois que j'en entendais parler.

Apparemment, les cours d'informatique se déroulaient dans une salle de réunion.

« Apporter son ordinateur portable, sinon un prêt est envisageable. Deux mille yens le cours. Tous les mercredis de 14 heures à 16 heures. »

C'était un cours collectif avec suivi individualisé et possibilité de venir quand on le souhaitait. J'étais ravie que ce soit en semaine et non le week-end. Et cette semaine, j'avais justement mon mercredi de libre.

« Débutants bienvenus. Recommandé pour ceux désireux d'apprendre à leur rythme. Enseignement individuel. Cours possibles : utilisation d'un ordinateur, Word/Excel, création de site web, codage. Nom de l'enseignant : Gonno. »

C'était tout à fait à ma portée.

J'ai rempli le formulaire d'inscription et je l'ai envoyé. Sans même avoir commencé les cours, je m'imaginais déjà maîtrisant

Excel, et j'étais contente, sentiment que je n'avais pas ressenti depuis une éternité.

Deux jours plus tard, mercredi, je me suis rendue à l'école primaire avec mon ordinateur.

D'après le plan sur le site officiel, l'entrée se trouvait dans un passage étroit après avoir contourné le mur d'enceinte. C'était un bâtiment blanc à un étage. Au-dessus de la porte vitrée, où une pancarte indiquait « Centre social d'Hatori », était fixé un petit toit, une sorte d'auvent.

J'ai poussé la porte. L'accueil était juste à l'entrée, avec un homme à l'épaisse chevelure blanche assis derrière le comptoir. Dans un bureau au fond de la pièce, une femme rédigeait quelque chose, un bandana noué autour de la tête. Je me suis adressée à l'homme :

— Bonjour, je viens pour le cours d'informatique.

— Très bien, remplissez ceci. Le cours aura lieu dans la salle A.

Il a désigné une planchette à pince sur le comptoir. Y figurait un formulaire avec nom des visiteurs, motif de présence et heure d'arrivée.

La salle A se situait au rez-de-chaussée. Passé l'accueil, il fallait prendre tout de suite à droite dans le hall. La porte étant ouverte, j'ai jeté un œil à l'intérieur. Une femme aux cheveux ondulés, un peu plus âgée que moi, et un homme au visage angulaire en train d'allumer son ordinateur étaient déjà assis à deux longues tables.

J'étais persuadée que l'enseignant, Gonno, était un homme, mais c'était une femme d'environ 55 ans.

— Mon nom de famille est Fujiki, me suis-je annoncée, et Mme Gonno m'a lancé un sourire plein d'enthousiasme.

— Asseyez-vous où vous voulez !

Je me suis installée au bout de la table où s'était placée la jeune femme. Concentrés sur leur tâche, elle et l'homme n'ont pas fait cas de moi.

J'ai allumé mon ordinateur. Par précaution, j'avais vérifié chez moi son bon état de marche, vu que je ne l'avais pas manipulé depuis une éternité. Malgré un démarrage interminable, sûrement parce qu'il était resté longtemps éteint, il s'était lancé sans problème.

Comme je n'utilisais que mon téléphone, j'ai eu un mal fou à taper sur le clavier. Je devrais peut-être aussi m'entraîner sur Word.

— Madame Fujiki, vous souhaitez vous former à Excel, c'est bien ça ?

Elle le savait sans doute parce que je l'avais précisé lors de mon inscription. Mme Gonno a examiné mon ordinateur.

— Oui, mais je ne l'ai pas, ai-je répondu.

Elle a rapidement inspecté l'écran et a déplacé la souris avec aisance.

— Si, vous l'avez. Je vous crée un raccourci.

Au bord de l'écran, une icône rectangulaire verte est apparue, avec un X pour Excel.

Je suis tombée des nues. Alors, comme ça, cet ordinateur avait Excel dans mon dos !

— Visiblement, vous utilisez Word, alors je me suis dit qu'Office était bien installé.

« Office était bien installé » ? Je n'ai pas compris un mot, mais j'étais heureuse de posséder le logiciel. Incapable d'installer Word, j'avais sollicité l'aide d'une camarade de classe durant mes études. Voilà ce qui arrive quand on laisse les autres agir à sa place.

Pendant deux heures, j'ai appris les bases d'Excel grâce à Mme Gonno. Elle a enchaîné les allées et venues entre les deux autres élèves, en plus de me porter une attention toute particulière, à moi, la nouvelle.

Ma plus grande surprise a été d'obtenir un total rien qu'en insérant des chiffres dans des cases, en sélectionnant l'ensemble et en appuyant sur une touche. Je me suis exclamée, impressionnée par une fonction si pratique, déclenchant un rire chez l'enseignante.

Tandis que je m'exerçais selon ses instructions, j'ai entendu la discussion entre elle et les autres élèves. Ils avaient suivi plusieurs cours. L'homme créait une page web sur les fleurs sauvages et la jeune femme voulait lancer une boutique en ligne.

Alors que je ne faisais rien de ma vie, eux s'activaient à acquérir de nouvelles compétences dans une petite salle tout près de chez moi. À cette pensée, je me suis sentie encore plus minable.

Vers la fin du cours, Mme Gonno m'a dit :

— Je n'ai pas de manuel à vous prêter, mais je vous conseille ce livre. Il en existe plein de ce genre, essayez de voir dans une librairie ou une bibliothèque si vous en trouvez un qui vous paraisse simple à appréhender.

Elle m'a montré un manuel d'informatique et a poursuivi, le sourire aux lèvres :

— Nous avons même une bibliothèque au sein du centre social !

Une « bibliothèque ».

Ce mot possédait une sonorité agréable, comme si je me retrouvais de nouveau à la fac. Une « bibliothèque ».

— On peut y emprunter des livres ?

— Oui, si vous résidez dans l'arrondissement. Jusqu'à six livres pour une durée de deux semaines, je crois.

L'homme a appelé Mme Gonno, qui s'est aussitôt rendue auprès de lui.

J'ai noté le titre du livre qu'elle m'avait recommandé, j'ai éteint mon ordinateur et j'ai quitté les lieux.

La bibliothèque se trouvait tout au bout du rez-de-chaussée, à côté de la cuisine, après deux salles de réunion et une pièce à la japonaise.

À l'entrée, une plaque murale en hauteur annonçait : « Bibliothèque » ; la porte était grande ouverte.

En jetant un discret coup d'œil, j'ai aperçu des étagères alignées dans un espace de la taille d'une salle de cours. L'accueil était à gauche après la porte, avec dans un coin, une pancarte : « Prêts – Retours ».

Une jeune fille de petite stature, vêtue d'un tablier bleu marine, rangeait des livres de poche sur une étagère face à l'accueil. Je l'ai interpellée sans hésiter :

— Excusez-moi, où est le rayon Informatique ?

Elle a brusquement relevé la tête, comme sidérée. Elle était si jeune, on aurait dit une lycéenne. Le bout de sa queue-de-cheval dodelinait. D'après le badge sur sa poitrine, elle s'appelait Nozomi Morinaga.

— Le rayon Informatique ? Suivez-moi.

Plusieurs livres entre les mains, elle a longé une table de lecture et m'a conduite jusqu'à une grande étagère contre le mur.

Informatique, Mathématiques, Qualifications. Des séparateurs compartimentaient le rayon, rendant les recherches plus faciles.

— Je vous remercie.

Je posais les yeux sur l'étagère lorsque Nozomi m'a annoncé avec le sourire :

— Si vous avez besoin d'aide, n'hésitez pas, la bibliothécaire est au fond de la pièce.

— D'aide ?

— Oui, pour trouver l'ouvrage que vous cherchez.

— Merci.

Je lui ai adressé un signe de tête. Elle m'a répondu par un léger salut et est retournée à sa tâche.

J'ai parcouru du regard le rayon. Aucune trace du manuel conseillé par Mme Gonno. Ignorant totalement quel livre me conviendrait, j'ai décidé de consulter la bibliothécaire.

Au dire de Nozomi, elle était au fond de la salle. Je suis retournée à l'accueil et de là, j'ai vu un paravent à l'extrémité de la bibliothèque, avec une pancarte « Conseils » suspendue au plafond.

Mais quand j'ai contourné le paravent, j'ai écarquillé les yeux.

La bibliothécaire était assise là, remplissant tout l'espace entre le paravent et un bureau en L.

C'était une dame vraiment... vraiment immense. Plus que grosse, elle était surtout très grande. Blanche de peau, le cou si large que son menton y était rattaché. Elle portait un tablier beige sur un gilet blanc cassé. Sa silhouette rappelait un ours polaire hibernant dans une grotte. Ses cheveux étaient tirés en arrière en un petit chignon. Une longue épingle y était plantée avec, au bout, trois élégantes grappes de fleurs blanches. Tête baissée, elle semblait occupée, mais je voyais mal depuis mon poste d'observation.

Son badge autour de son cou précisait : « Sayuri Komachi ». Quel joli nom !

— Excusez-moi..., ai-je dit en m'approchant.

Son regard, et lui seul, s'est subitement levé vers moi. La position de sa tête, toujours inclinée, le rendait si perçant que mes jambes ont fléchi... J'ai observé ses mains : à son bureau, elle plantait une aiguille dans une sorte de balle de ping-pong sur un tapis de la taille d'une carte postale.

J'ai failli pousser un cri. Que faisait-elle ? Jetait-elle un sort ?

— Euh... ri... rien.

Je m'apprêtais à fuir lorsqu'elle m'a demandé :

— Qu'est-ce que tu cherches ?

Cette voix m'a freinée dans mon élan.

Malgré une intonation monocorde, elle était si chaleureuse que mes jambes, prêtes à déguérpir, se sont arrêtées net. Ces mots, émis sans un sourire, procuraient une intense et étrange sensation d'apaisement.

« Qu'est-ce que tu cherches ? »

Ce que je cherchais...

Je cherchais un but me motivant à travailler, je cherchais ce dont j'étais capable. Même si je lui en touchais un mot, elle ne pourrait pas me répondre. Je savais pertinemment que sa question n'allait pas si loin.

— Euh… Un livre d'informatique…

Aussitôt, elle a attrapé une petite boîte orange foncé non loin de sa main. Avec sa bordure hexagonale et ses fleurs blanches, j'ai reconnu une boîte de gâteaux Honey Dome. Depuis bien longtemps, ces cookies moelleux en forme de dôme, que j'adorais moi aussi, étaient un énorme succès de la marque Kuremiyadô. Ce n'était pas un produit de luxe mais, introuvable en supérette, c'était quand même légèrement du haut de gamme.

Sous le couvercle, j'ai aperçu des aiguilles et une petite paire de ciseaux. Komachi l'utilisait comme une boîte à couture. Elle y a rangé l'aiguille et la balle, puis m'a regardée avec insistance.

— Et quoi, précisément ?

— Un livre sur Excel, à un niveau qui me permette de cocher la case Qualifications.

— La case Qualifications ?

— Je souhaite m'inscrire sur un site de recherche d'emploi. Je ne trouve aucun sens ni aucun but à mon travail actuel.

— Que fais-tu dans la vie ?

— Rien d'important. Je vends des vêtements pour femmes dans un supermarché.

Komachi a penché la tête, dubitative. Les fleurs de l'aiguille à cheveux plantée dans son chignon ont scintillé.

— Tu penses sincèrement que ton travail… qu'être vendeuse en supermarché n'est pas important ?

Ses paroles m'ont coupé le souffle. Komachi a gardé le silence. Elle attendait patiemment ma réponse.

— Mais… c'est à la portée de n'importe qui. Au début, j'étais très motivée, pas parce que ça me faisait rêver, juste parce que je rejoignais une entreprise. Il faut bien travailler. En plus, je vis seule, sans personne pour m'entretenir.

— Pourtant, tu as cherché un emploi, tu as été embauchée, tu travailles quotidiennement et tu te nourris toi-même. Je trouve ça formidable.

J'ai été à deux doigts de pleurer. Elle reconnaissait mes efforts.

— On ne peut pas vraiment dire que je me nourris… J'achète juste des petits pains à la supérette.

J'avais répondu n'importe quoi dans l'espoir de dissimuler mon émotion. Mais je savais très bien qu'elle n'avait pas dit ça dans ce sens-là. Komachi a incliné la tête de l'autre côté.

— En tout cas, vouloir engranger de nouvelles connaissances est une excellente attitude, quelle qu'en soit la raison.

Elle s'est tournée vers son ordinateur et a posé les mains sur le clavier.

Puis elle a pianoté à toute vitesse. *Tatatatata !* J'étais ébahie tant il m'était impossible de suivre ses mouvements du regard.

Enfin, elle a appuyé sur « Entrée » dans un geste agile de la main. Immédiatement, l'imprimante à côté d'elle s'est déclenchée.

— Voilà ce qu'il te faut pour débuter sur Excel.

Elle m'a tendu la page fraîchement imprimée. Dans un tableau figuraient des titres de livres et leurs auteurs, accompagnés de chiffres : le numéro de classement et le numéro d'étagère. *Initiation à Word et Excel pour débutants* ; *Premier manuel sur Excel* ; *Guide pratique et rapide pour maîtriser Excel en peu de temps* ; *Initiation facile à Office*. Et tout en bas, une suite confuse de lettres.

Guri et Gura.

J'ai lu ces cinq syllabes avec stupéfaction.

Guri et Gura ? Vraiment ? L'album pour enfants avec les deux rats des champs ?

— Ah, et ça aussi.

Komachi a fait pivoter son fauteuil et a tendu le bras sous son bureau.

Je me suis penchée par curiosité et j'ai vu un petit meuble en bois à cinq tiroirs. Komachi a fait coulisser celui du haut. Je le discernais mal de ma position, mais il était rempli de tissus doux multicolores. Elle y a saisi une chose et me l'a tendue.

— Tiens, c'est pour toi.

Dans ma main ouverte par réflexe, elle a déposé un petit objet léger : un rond noir de la taille d'une pièce de cinq cents yens, avec un manche.

Une poêle ?

C'était du feutrage à l'aiguille en forme de poêle. Un minuscule anneau doré était fixé au manche.

— Qu'est-ce que c'est ?

— Un petit plus.

— Comment ça ?

— Tout le monde aime recevoir un cadeau avec un livre !

J'ai scruté la poêle. Un cadeau avec un livre… Mais bon, c'était mignon.

Komachi a ressorti l'aiguille et la balle de la boîte de gâteaux.

— Tu as déjà fait du feutrage à l'aiguille ?

— Non, mais j'en ai vu sur Twitter.

Elle a brandi l'aiguille devant moi. Le haut formait un angle droit et la pointe était crantée.

— C'est une activité étrange, non ? Planter l'aiguille encore et encore solidifie la laine cardée. Le seul fait de la planter crée une forme à mesure que les fins brins de laine s'entremêlent grâce au mécanisme discret au bout de l'aiguille, a-t-elle dit.

Puis elle a recommencé à picoter la balle. Elle avait sûrement aussi confectionné la poêle. Le tiroir était rempli d'objets en laine feutrée. Était-ce en vue de les offrir ?

Comme pour signifier que sa mission de bibliothécaire était accomplie, elle a remué la main frénétiquement. J'avais plein de questions à lui poser, mais je l'aurais dérangée, alors je me suis contentée d'un remerciement et je me suis éclipsée.

Le numéro d'étagère figurant sur la feuille était celui indiqué plus tôt par Nozomi. J'ai comparé les ouvrages, puis j'ai choisi les deux plus simples.

Il restait *Guri et Gura*, seul titre au code différent.

Je l'avais lu plusieurs fois à la maternelle. Ma mère m'en avait fait la lecture aussi, je crois. Mais pourquoi me le conseiller ? Komachi avait-elle fait une faute de frappe ?

Un espace près de la fenêtre, entouré d'étagères basses, regroupait les albums jeunesse et les livres pour enfants. Le sol était recouvert de dalles en mousse, avec interdiction d'y marcher en chaussures.

Au milieu de ces livres adorables, je m'apaisais aussitôt. La bibliothèque possédait trois exemplaires de *Guri et Gura*, sûrement parce que c'était un classique très populaire. Et si je l'empruntais aussi ? Ça ne me coûtait rien.

J'ai déposé les deux manuels d'informatique ainsi que *Guri et Gura* sur le bureau de Nozomi, je me suis créé une carte de bibliothèque en présentant un justificatif de domicile et j'ai emprunté les livres.

Sur le chemin du retour, je me suis arrêtée à la supérette où j'ai acheté un roulé à la cannelle et un café au lait froid.

Le tout avalé devant la télévision, j'ai ensuite eu envie de salé et j'ai sorti un gobelet de nouilles instantanées de mon placard, qui en regorgeait. Ma montre affichait déjà 18 heures. J'en ferais mon dîner.

J'ai allumé le feu sous ma bouilloire et j'ai extirpé les livres de mon sac. Des manuels d'informatique… Je me voyais déjà taper à l'ordinateur dans un bureau, comme une experte.

Et il y avait le livre supplémentaire : *Guri et Gura*.

Sa couverture était blanche et rigide. Elle me paraissait plus large dans mon enfance, mais une fois en main, elle était de la taille d'un cahier de notes classique. Peut-être qu'elle m'avait semblé grande car le livre s'ouvrait à l'horizontale.

Sous le titre écrit dans un style manuscrit, deux rats des champs marchaient les yeux dans les yeux, tenant gaiement un panier. Ils portaient une tenue identique, un chapeau et une salopette, bleus pour celui de gauche, rouges pour celui de droite.

Je ne me souvenais plus qui était Guri et qui était Gura. Dans ma mémoire, ils étaient jumeaux.

En prêtant attention au titre, j'ai remarqué l'écriture de « Guri » en bleu et « Gura » en rouge.

Ah, je comprenais mieux.

J'étais contente de l'avoir constaté. Rentrer dans l'histoire serait plus aisé.

J'ai feuilleté le livre pour suivre l'intrigue. Lors d'une promenade en forêt, Guri et Gura découvrent un œuf géant… Vers la fin de l'histoire, un énorme pancake dans une grosse poêle trône au centre d'une double page.

J'avais reçu une poêle de Komachi. À cette pensée, j'ai lu le texte à cette page.

« Le *castella* était prêt, tout doré et tout moelleux. »

Cette phrase m'a un peu surprise.

Un *castella* ? J'avais toujours cru que c'était un pancake.

Je suis revenue en arrière, quand Guri et Gura préparent la pâte. Ils mélangeaient œuf, sucre, lait et farine, puis cuisaient la préparation à la poêle. Une recette plus facile que je ne l'aurais supposé.

La bouilloire s'est mise à siffler.

Je me suis levée, j'ai coupé le gaz et j'ai déballé le gobelet de nouilles *ramen*.

Je pensais avoir lu cet album à de multiples reprises, mais j'en avais oublié l'intrigue. Ou plutôt, je l'avais mémorisée à ma façon.

Mais c'était intéressant de relire une fois adulte un livre découvert dans son enfance. On repérait de nouveaux éléments.

J'ai versé l'eau bouillante sur mes nouilles, et quand j'ai refermé le couvercle, mon téléphone a sonné.

C'était Saya. Elle m'appelait rarement. Ce qui signifiait qu'elle était soit déprimée, soit heureuse.

Après quelques secondes d'hésitation et un regard en coin pour mon gobelet rempli d'eau bouillante, j'ai décroché.

— Ah, Tomoka, désolée de t'appeler à l'improviste. Tu es en congé aujourd'hui, c'est bien ça ?

— Oui.

— Excuse-moi, j'ai besoin de tes conseils. On peut discuter ? a-t-elle dit, embarrassée.

— Aucun souci, qu'est-ce qui t'arrive ?

Sa voix a changé subitement dès que j'ai été tout ouïe.

— Eh bien… Le mois prochain, c'est Noël. Avec mon copain, on a décidé de se dire ce qu'on voulait. Mais je ne sais pas quoi demander. Un cadeau cher n'aura rien de mignon, et un cadeau bon marché risque de me décevoir. Comme tu as bon goût, j'ai pensé que tu aurais sûrement une idée.

Au final, elle était heureuse.

J'ai songé au devenir de mes nouilles instantanées et j'ai un peu regretté d'avoir décroché. Cette discussion aurait pu attendre la fin de mon repas. Mais incapable de la repousser à plus tard, j'ai lâché un « Ah… », j'ai mis le haut-parleur et j'ai posé le téléphone sur la table basse. J'ai séparé mes baguettes jetables, et j'ai mangé mes nouilles sans bruit, approuvant les propos de Saya de quelques interjections. Comme si le ton de ma voix révélait mon manque d'enthousiasme, elle m'a demandé :

— Je te dérange ? Tu fais quoi ?

J'allais manger mes nouilles. Enfin, j'étais en train. Pour qu'elle ne s'aperçoive de rien, j'ai répondu :

— Non, ça va. Je lisais un album pour enfants, *Guri et Gura*.

— *Guri et Gura* ? Les rats des champs qui font une omelette ?

Moi qui y voyais un pancake, j'étais bien plus proche de la vérité.

— Ce n'est pas une omelette, mais un *castella*.

— Ah ? Mais ils trouvent un œuf lors d'une balade en forêt, non ?

— Oui, ils réfléchissent à ce qu'ils vont en faire et optent pour un *castella*.

— Ah bon ? Seul quelqu'un qui cuisine souvent peut avoir cette idée-là. Ça ne viendrait pas à l'esprit si on ignore quoi faire d'un œuf.

C'était une autre manière de voir les choses.

J'ai bu le jus de mes nouilles.

— Tu es vraiment différente des autres, a repris Saya. Lire un livre pour enfants un jour de congé, c'est chic et intello. Ça se fait beaucoup à Tokyo ?

— Je n'en sais rien, mais on peut lire des albums pour enfants dans certains cafés.

Ma réponse était volontairement évasive. Après le lycée, Saya avait prêté main-forte à la quincaillerie familiale. Elle semblait persuadée que j'étais une citadine capable de lui apprendre des choses sur le monde inconnu tokyoïte.

— Tu es géniale ! Pour nous, tu es si prometteuse, toi, la femme bosseuse partie faire carrière à la capitale !

— Ce n'est pas le cas.

Emplie de culpabilité, j'ai nié. J'ai eu le sentiment que face à la franchise pleine de pureté de Saya, la laideur de mon cœur se dévoilait.

Je lui avais dit que j'étais dans la mode. Ce mot m'avait traversé l'esprit et restait véridique, tout en étant à la limite du mensonge, vu que je travaillais dans la vente de vêtements. Je n'avais même pas mentionné Éden. Car en une recherche, elle découvrirait tout.

J'étais sans doute incapable de la traiter avec froideur parce qu'elle me considérait comme une femme « géniale », plus que parce que c'était mon amie. Peut-être que je voulais frimer auprès de quelqu'un. Peut-être qu'elle avait créé cet agréable mirage de moi-même et me le renvoyait.

Durant mes études, son approbation était réconfortante. Elle m'encourageait.

Mais ces derniers temps, m'entendre répéter que j'étais « géniale » commençait à me lasser.

Comme pour expier ma faute, j'ai posé mes baguettes et pendant deux bonnes heures, j'ai écouté la vie amoureuse de Saya, qu'elle m'a racontée avec fierté.

Le lendemain matin, je me suis levée en retard et, à peine coiffée et sans maquillage, j'ai sauté dans le train.

La veille au soir, glissée dans mon futon, je n'avais pas trouvé le sommeil à force de surfer sur Internet. Je n'aurais pas dû lancer des vidéos d'une star dont j'étais fan. Quand j'ai vu l'heure, le jour était déjà levé. Je n'avais pas dormi alors que j'étais dans l'équipe du matin.

À l'ouverture du magasin, refrénant mes bâillements, je rangeais des articles en bas de rayon lorsqu'un cri m'est tombé sur la tête :

— Ah ! Vous êtes là ! Dites donc !

C'était une voix stridente à vous percer les tympans. Toujours accroupie, j'ai tourné la tête et j'ai vu une femme, les cheveux en bataille, les yeux baissés vers moi.

Il s'agissait de la cliente qui, quelques jours plus tôt, m'avait demandé de choisir entre le pull fuchsia et le pull marron.

Je me suis relevée à la hâte. Elle m'a fourré le pull fuchsia sous le nez.

— Qu'est-ce que ça veut dire, vendre une camelote pareille !

J'ai failli tourner de l'œil. De la camelote ? Il devait lui être arrivé quelque chose.

— Il a rétréci à la machine ! Je veux être remboursée !

J'ai repris mes esprits. Malgré moi, j'ai haussé le ton :

— Nous ne reprenons pas les produits lavés en machine.

— C'est vous qui me l'avez conseillé ! À vous de prendre vos responsabilités !

Elle m'accusait à tort. J'avais déjà été la cible de réclamations, mais d'une folle, c'était une grande première.

J'ai essayé de garder mon calme et j'ai réfléchi. Durant ma formation, il me semblait avoir appris la réaction appropriée à cette situation... Mais c'était quoi, déjà ? Mon trouble s'étant mué en colère, ma tête était vide et aucune solution n'a jailli dans mon esprit.

— Vous vous êtes moquée de moi à me vendre de la camelote !

— Pas du tout !

— Inutile de traiter avec vous. Je veux parler à votre supérieur !

J'ai eu un déclic. N'était-ce pas elle qui se moquait de moi ?

Si appeler mon « supérieur » pouvait aider, je l'aurais fait avec joie. Mais aujourd'hui, Uejima, le chef de section, était de la seconde équipe.

— Il prend son poste cet après-midi.

— Ah ? Alors je reviendrai !

Elle a dardé un regard sur mon badge et est partie en me lançant un « Madame Fujiki, hein ! ».

J'étais une femme à la carrière prometteuse pour Saya, et pourtant, j'avais été traitée comme une moins-que-rien et insultée pour une réclamation ridicule. Tremblante de colère, j'étais en larmes.

Une image de moi que je voulais à tout prix cacher à mon amie.

Voilà à quoi m'avait servi d'étudier avec acharnement pour quitter la campagne et venir à Tokyo.

À midi, Uejima est arrivé. Je l'ai informé de la situation et, sourcils froncés, il a répondu :

— Tu es censée savoir te débrouiller dans ces cas-là !

Même si je n'attendais rien de lui, comment osait-il dire ça ? Une colère différente de celle que j'avais ressentie à l'égard de la cliente m'a envahie.

Numauchi, qui passait par là, nous a jeté un regard. Je ne voulais vraiment pas qu'elle soit mise au courant. Je n'aurais pas supporté qu'elle me juge incompétente.

Déprimée, j'allai prendre ma pause.

À cause de ma précipitation le matin même, je n'avais pas eu le temps de m'arrêter à la supérette. Je comptais me satisfaire d'un paquet de gâteaux en réserve dans mon sac, mais je les avais mangés chez moi l'avant-veille. Comment allais-je déjeuner ? Il nous était interdit de nous rendre au supermarché en uniforme tout comme d'en repartir. Quel magasin étriqué ! Comme mes orteils dans mes chaussures.

Ma morosité m'avait coupé l'appétit et je n'avais pas non plus envie de me changer pour déjeuner au réfectoire. Par hasard, j'ai remarqué la porte de l'escalier de secours. Je me suis demandé si elle s'ouvrait.

J'ai poussé la porte qui s'est ouverte en grinçant. À la réflexion, pour un escalier de secours, c'était normal.

Le vent s'est engouffré. Je suis sortie comme une fuyarde.

— Ah !

— Ah !

Kiriyama était là, assis sur le palier, les jambes allongées sur les marches. Nous nous étions exclamés en même temps.

— Tu m'as trouvé ! a-t-il ri.

Il a retiré ses écouteurs sans fil, grâce auxquels il profitait sûrement de la musique de son smartphone. Il tenait un livre de poche à la main. Près de lui étaient posées une bouteille de thé et deux boules rondes enveloppées dans du papier d'aluminium. Levant les yeux vers moi, il a dit :

— Qu'est-ce que tu fais là ? Il s'est passé quelque chose ?

— Et toi ?

— Je viens assez souvent, quand je veux être seul. En plus, aujourd'hui, il fait bon pour un mois de novembre.

Il a désigné les *onigiri* emballés.

— Tu veux une boule de riz ? Si ça ne te dérange pas que ce soit fait maison.

— Tu les as confectionnées toi-même ?

— Oui. J'ai mangé la meilleure, au saumon. Tu préfères quoi entre *tarako* grillé et algues *konbu* ?

Mon appétit s'est réveillé tout à coup.

— *Tarako* grillé !

Kiriyama m'a proposé de me joindre à lui, alors je me suis installée à ses côtés.

Il m'a donné une boule de riz dont j'ai retiré l'aluminium. L'*onigiri* recouvert de Cellophane a pointé le bout de son nez, et j'ai continué à le déballer.

— Alors comme ça, tu cuisines ?

— J'ai fini par m'y mettre, a-t-il répondu laconiquement.

J'ai mordu dans mon *onigiri*. Le dosage de sel était idéal. C'était délicieux. Le *tarako* grillé tout dodu et le riz parfaitement préparé se mariaient à merveille. Du rose corail enlacé dans du blanc. En silence, je l'ai dévoré avec gourmandise.

— Je suis ravi que tu manges avec tant d'appétit ! a-t-il ri.

Bizarrement, je me sentais bien mieux. J'étais étonnée que ce soit si rapide.

— C'est trop bon !

— Tu as vu !

Son assurance m'a déconcertée, alors il a précisé :

— Bien manger, c'est important. Bien travailler et bien manger.

Dans sa voix, j'ai senti qu'il en pensait chaque mot.

— Pourquoi tu as quitté la maison d'édition ? ai-je demandé.

— Je n'étais pas dans une maison d'édition, mais dans une agence d'édition d'une dizaine d'employés, a-t-il expliqué en déballant le dernier *onigiri*.

J'ignorais que des entreprises autres que les éditeurs pouvaient concevoir des magazines.

Il existait tous types de sociétés et tous types d'emplois. Et tellement de choses dont je n'avais pas connaissance. Kiriyama a poursuivi :

— On ne créait pas que des magazines, mais un peu de tout : prospectus, brochures, même des vidéos. Mon patron acceptait tous les projets à la va-vite, et vu que dans la pratique, c'est moi qui m'en occupais, j'étais exténué. Je devais bosser la nuit entière, dormir sur mon manteau à même le sol, sans me laver durant plusieurs jours…

Avec un rire, il a soudain porté son regard au loin.

— Je pensais que c'était normal dans ce milieu. Je me trouvais génial à travailler pour un magazine… Je me trompais sur toute la ligne.

Il s'est tu et a avalé trois bouchées de sa boule de riz. J'ai gardé le silence, moi aussi.

— On n'avait pas le temps de manger et on se ruinait la santé à boire des cannettes de boissons nutritives qui jonchaient le sol. Un jour, à la vue des cannettes vides, je me suis brusquement demandé ce que je fabriquais là.

Il a fourré le dernier morceau dans sa bouche.

— Je me suis dit qu'on travaille pour manger, alors ne pas pouvoir manger parce qu'on travaille, c'est ridicule.

Il a froissé le papier d'aluminium en murmurant :

— C'était délicieux.

Puis il a tourné la tête vers moi et a continué d'un ton jovial :

— Aujourd'hui, je vis décemment. Je mange et je dors bien, je prends un vrai plaisir à lire des livres et des magazines que je ne voyais que d'un œil professionnel. Je mets de l'ordre dans ma vie quotidienne et j'améliore ma santé.

— Ça a l'air d'être un métier vraiment difficile.

— Toutes les entreprises ne sont pas comme ça ! C'est juste moi qui suis mal tombé.

Il a secoué la main pour me signifier que j'avais tort. Je crois qu'il essayait de briser mes préjugés. Je le sentais, il aimait cet emploi. Mais des conditions de travail pénibles avaient eu raison de lui.

— En plus, je n'ai pas envie de critiquer cette agence ni mes collègues qui font de leur mieux. Car cette méthode convient sûrement à ceux qui ont une bonne maîtrise d'eux-mêmes, et certains s'accomplissent dans le travail continu. Mais pas moi.

Il a lentement bu son thé.

Sans la moindre gêne, je lui ai demandé :

— L'optique est un domaine totalement différent. Ça ne t'a pas stressé ?

— Pour un numéro consacré aux lunettes, j'ai écrit des articles nécessitant des recherches pointues. Le sujet m'intéressait, ce qui m'a poussé à me lancer dans le milieu. Durant mon entretien, le recruteur m'a dit qu'il avait lu le magazine par hasard, alors notre conversation a été passionnante ! En fait, le concepteur de lunettes que j'avais interviewé était l'une de ses connaissances ! a dit Kiriyama, joyeux. Ça, on ne l'obtient pas par calcul. Je me suis dit que je devais commencer par gérer mes soucis principaux. Heureusement, mes efforts passés m'ont été utiles à ce moment-là et m'ont permis d'améliorer ma vie. Mais mon avenir n'est pas tout tracé parce que j'ai été embauché chez ZAZ.

Même si c'était le cas, il n'y aurait aucune garantie pour que ça se passe comme prévu. Seulement…

Il s'est interrompu, puis a repris doucement la parole :

— Dans ce monde où notre avenir nous est inconnu, aujourd'hui, je fais ce que je peux.

Il semblait se parler à lui-même.

Au retour de ma pause déjeuner, Uejima était absent.

D'après plusieurs collègues, il avait filé pour contrôler les stocks. Selon moi, il avait fui, mais je ne pouvais rien y faire.

À 14 heures passées, la cliente a reparu.

— Votre supérieur est là ?

Mon corps s'est raidi. La reprise de l'article était impossible, alors comment pouvais-je la persuader de le conserver ? Je devais néanmoins gérer la situation. Mes « soucis principaux », c'était maintenant, c'était cette situation.

C'est alors que Numauchi, de la caisse, s'est précipitée à mes côtés.

— Bonjour, madame, puis-je vous aider ?

La cliente a énuméré ses réclamations, comme si elle voyait en Numauchi ma supérieure. Elle était catégorique, tout était ma faute. Le visage grave, Numauchi s'est limitée à des interjections, telles que « Ah bon », « Oui », « Je vois » jusqu'à ce que la cliente se taise. À la fin de son monologue, Numauchi a répondu avec douceur :

— C'est normal que ça rétrécisse à la machine ! Je comprends votre surprise.

La cliente a blêmi. Numauchi a retourné le pull et lui a montré l'étiquette avec les indications de lavage. Une main dans une bassine signifiait : « Lavage à la main ».

— Moi aussi, ça m'arrive souvent de laver à la machine sans vérifier l'étiquette !

— Mais... Je..., a bafouillé la cliente.

— Il existe un moyen de lui redonner sa forme, a poursuivi Numauchi d'un air enjoué. Il faut mettre un peu d'après-shampooing dans votre lavabo, le diluer dans l'eau chaude et y tremper le pull. Ensuite, il faut le ressortir immédiatement, l'essorer, l'étirer, puis l'étendre à plat.

Son explication était très claire.

— Vous avez entre les mains le dernier exemplaire d'un pull très prisé. Ce magenta est bien spécifique et la texture assez rare, vous ne trouvez pas ?

— Magenta, vous dites ? a répété la cliente, le visage soudain détendu.

— Oui, c'est le nom de cette couleur.

D'un coup, le pull fuchsia est devenu très tendance. « Magenta ». Oui, on pouvait le décrire ainsi.

— Avec son design simple, il s'associe facilement à d'autres vêtements. Quand on en a un, on ne veut surtout pas l'abîmer ! Le col est agréable et cette couleur se porte jusqu'au début du printemps.

— Il reprend forme avec de l'après-shampooing ?

— Tout à fait. Prenez-en soin et portez-le longtemps !

Numauchi avait entièrement dirigé le cours de la conversation.

La cliente insatisfaite, maintenant convaincue, a gardé l'article.

Numauchi a baissé la voix d'un ton et, conservant son sourire, elle a déclaré froidement :

— Puis-je vous demander votre numéro de téléphone pour que nous vous contactions rapidement en cas de besoin ?

Elle n'avait pas oublié de lui mettre un peu la pression.

— Non, ce n'est pas nécessaire, a dit la dame, intimidée.

C'était parfait.

Comme je le pensais, j'étais incapable de gagner. Je n'étais pas de taille.

Ensuite, Numauchi a continué à discuter avec bonne humeur, et la cliente, sans aucune méfiance, s'est mise à raconter sa vie de manière amicale.

Elle avait acheté ce pull pour le porter lors d'un repas avec une amie qu'elle n'avait pas vue depuis dix ans ; il lui était difficile de s'éloigner de son domicile en train, d'autant qu'elle s'inquiétait à l'idée d'entrer dans un centre commercial ; elle désirait des conseils pour choisir une tenue à cause d'un manque d'estime d'elle-même.

Numauchi m'a envoyée vers la caisse avant de suggérer une écharpe à la dame, lui apprenant même à la nouer. La cliente l'a achetée. De loin, l'écharpe lui allait vraiment et s'associait bien à son pull fuchsia.

J'étais sûre que le jour du rendez-vous, elle se regarderait dans le miroir avec plaisir tout en nouant son écharpe. Et elle profiterait du repas avec son amie qu'elle n'avait pas vue depuis longtemps.

Numauchi avait fait un travail fantastique. Je le pensais sincèrement.

Quelle erreur de ma part d'avoir cru que travailler au rayon Prêt-à-porter féminin d'Éden n'était pas « important ». C'est mon propre travail qui était insignifiant.

Quand la cliente m'avait abordée, j'avais tellement envie de partir en pause que je l'avais conseillée sans y mettre tout mon cœur. Forcément, elle l'avait ressenti.

Saisissant à la caisse le sac qui contenait l'écharpe, elle m'a remerciée avec une mine réjouie et s'en est allée. Le genre d'expression qu'on a lorsqu'on est satisfait de son achat.

Numauchi l'a saluée, et moi aussi, j'ai courbé la tête.

Dès qu'elle a quitté notre champ de vision, je me suis inclinée profondément face à Numauchi. Elle m'avait réellement sauvé la mise.

— Je vous remercie !

— C'est triste de ne pas avoir écouté son histoire ni compris ce qu'elle éprouvait, a-t-elle dit avec un sourire.

J'avais toujours cru cerner Numauchi, mais je m'étais trompée sur son compte. Je crois que je la considérais uniquement comme une cheffe prétentieuse engagée à temps partiel.

Dans une certaine mesure... je la prenais de haut. Je me sentais supérieure parce que j'étais jeune et employée à temps plein, ce qui était déplacé. Mon amour-propre ridicule s'était même manifesté vis-à-vis de la cliente et de la cantinière.

J'avais honte. Tellement honte que je voulais cacher mon visage.

— J'ai encore beaucoup de lacunes, ai-je dit, tête basse.

Numauchi m'a fait signe que non.

— J'étais pareille au début. Certaines choses s'apprennent au fil du temps, voilà tout.

Durant douze ans, elle avait accumulé de l'expérience dans l'équipe rose corail. Du fond de mon cœur, j'ai trouvé Numauchi « géniale ».

Comme j'étais du matin, j'ai fini le travail à 16 heures.

Après m'être changée, j'ai voulu jeter un œil au rayon Alimentation. Inspirée par Kiriyama, j'avais envie de cuisiner quelque chose.

Je n'avais aucune idée de plat. Des pâtes, peut-être ? Mais sans surprise, j'ignorais comment les assaisonner et j'ai failli acheter une sauce toute prête et rentrer chez moi.

J'ai mis la main à ma poche et j'ai senti une texture douce. C'était la poêle en laine feutrée. Elle n'avait pas quitté sa place depuis que Komachi me l'avait donnée.

Et si je cuisinais le *castella* de *Guri et Gura* ?

Je suis entrée au McDonald's situé face au rayon Alimentation et, sirotant un café à cent yens, j'ai recherché sur mon téléphone la recette de ce gâteau.

J'ai tapé « Guri et Gura castella » et curieusement, un grand nombre de recettes et de blogs sur le sujet se sont affichés. Tous ces lecteurs, passionnés par l'album, voulaient reproduire la préparation.

Il fallait tamiser la farine, séparer les blancs des jaunes et faire une meringue jusqu'à obtenir un bec d'oiseau... À ces mots, je me suis découragée, mais j'ai constaté à l'ouverture de plusieurs sites web que ce n'était pas toujours ainsi. En fonction des personnes, les proportions et la méthode de réalisation différaient. Parmi toutes, une recette simple, de quelques lignes, était populaire. Pas de farine à tamiser, pas de blancs et de jaunes à séparer. L'auteur précisait : « J'ai respecté autant que possible la préparation de l'album. » En ce cas, moi aussi, je pouvais y arriver.

Oui, je ferais ce que je pouvais. Et cela conviendrait très bien.

J'avais besoin d'une poêle à frire, d'un bol et d'un fouet.

Trois œufs, 60 grammes de farine, 60 grammes de sucre, 20 grammes de beurre, 30 millilitres de lait.

La recette nécessitait visiblement une poêle de 18 centimètres de diamètre avec un couvercle, ainsi qu'une balance ou un verre doseur, même s'il n'en était fait mention nulle part.

Le souci, c'est que je n'avais presque rien de tout ça.

Mais…

Ce qui était fantastique, c'est qu'à Éden, on trouvait tout.

Je n'avais pas réellement mis les pieds dans ma cuisine depuis des lustres.

Dans un bol, j'ai cassé les œufs, versé le sucre et mélangé le tout avec le fouet. J'ai ajouté le beurre fondu et le lait. À ce stade, une bonne odeur de sucre assaillait déjà mes narines. Je n'arrivais pas à croire que je faisais un gâteau.

Ensuite, j'ai ajouté la farine avant de mélanger. Utiliser le fouet dans le bol me donnait vraiment l'impression d'être productive.

J'ai allumé le feu sous la poêle, j'y ai fait fondre du beurre, puis j'ai versé la pâte. J'ai recouvert, mis à feu très doux et fait cuire à l'étouffée. Il suffisait de surveiller durant trente minutes. Je n'avais qu'une plaque, mais heureusement, elle était à gaz. Ça devrait réussir.

Dans une si petite cuisine, je pouvais concocter un *castella* !

J'étais géniale. Je le pensais sans scrupules.

Euphorique, j'ai joint les mains. Elles étaient couvertes de farine. Je me suis dirigée vers l'évier pour les laver.

J'ai ouvert le robinet et lancé un regard involontaire dans le miroir. J'y ai scruté mon visage.

Ma peau pelait, parce que je ne mangeais que des nouilles instantanées et des petits pains industriels. Dans mon réfrigérateur presque vide, quelques sauces dont la date de péremption était largement dépassée. Le manque de sommeil me donnait mauvaise mine, et fatalement, je n'avais pas d'énergie.

Le côté diététique n'était pas le seul à pécher. De la poussière s'accumulait au sol, les fenêtres étaient sales. Mon linge restait étendu dans la pièce, car j'avais l'habitude de porter mes vêtements directement une fois secs. Sur mes étagères, du bazar : flacons de vernis à ongles desséché, magazines télé datant de trois mois, DVD de yoga encore sous blister acheté six mois plus tôt sur un coup de tête.

Je m'étais vraiment négligée. Je ne traitais avec respect ni les aliments que je portais à ma bouche ni mon environnement, et cela sans prendre soin de moi. Dans un sens un peu différent de Kiriyama, je ne vivais pas « décemment ».

Je me suis soigneusement lavé les mains et j'ai profité de la cuisson en cours pour effectuer un ménage rapide de mon appartement. J'ai plié le linge propre, passé l'aspirateur. Une fois lancé, mon corps s'est remué naturellement. Ce qui m'apparaissait comme des tâches lourdes a été réglé si vite, étant donné la petitesse de ma chambre, que j'en étais déçue.

Dans la pièce désormais dégagée flottait une douce odeur sucrée. Je suis retournée dans la cuisine pour vérifier l'aspect du *castella*, et la pâte jaune gonflait au point de bientôt coller au couvercle.

— C'est fou !

Je n'ai pas pu contenir ma joie. Le gâteau était bombé, comme sur le dessin.

Enchantée, j'ai soulevé le couvercle. Le dessus durcissait correctement. Le cœur à moitié cuit formant des bulles d'air, j'ai recouvert.

Je m'étais peut-être un peu rapprochée d'une vie décente. Cette constatation m'a soulagée.

Je me suis assise dos au mur et j'ai ouvert *Guri et Gura*.

Les deux rats des champs étaient partis au fin fond de la forêt.

« Ils remplirent leur panier de glands : "Nous les saupoudrerons de sucre !"

Ils remplirent leur panier de châtaignes : "Nous les cuisinerons à feu doux pour en faire de la crème !" »

— Ah…, ai-je réalisé.

Ils ne s'étaient pas promenés en forêt pour trouver un œuf, et encore moins pour préparer un *castella*, mais dans l'unique but de ramasser des glands et des châtaignes, leur nourriture quotidienne. Comme à leur habitude.

Et le hasard avait fait qu'ils avaient trouvé un œuf géant.

Je me rappelais les paroles de Saya : « Ça ne viendrait pas à l'esprit si on ignore quoi faire d'un œuf. »

C'était donc ça !

À la découverte de l'œuf, les rats des champs connaissaient déjà la recette du *castella* !

Mon cœur a bondi dans ma poitrine d'avoir compris.

Exaltée, je suis retournée dans la cuisine. Le gâteau sentait bon.

Le couvercle soulevé, j'ai eu le souffle coupé.

Le milieu s'était creusé au lieu de gonfler. Les bords de la pâte, prêts à déborder de la poêle, étaient carbonisés.

Atterrée, j'ai transvasé le *castella* dans un plat avec une spatule. Le dessous de cette chose, qui s'était développée non en hauteur mais en largeur, était totalement brûlé. Une fois retirée de la poêle, elle s'est complètement dégonflée.

— C'est quoi, ce truc ?

J'en ai coupé un bout et j'y ai goûté. C'était à mille lieues d'un *castella*. La texture était collante et dure comme du chewing-gum.

Pourquoi ce résultat ? J'avais suivi la recette à la lettre.

Tandis que je mâchais cet horrible amas bien trop sucré, j'ai éclaté de rire.

Je n'étais pas triste. J'étais même plutôt contente. Ma chambre rangée et les ustensiles de cuisine dans l'évier m'empêchaient de déprimer.

Je ne m'avouai pas vaincue.

Car il suffisait que je maîtrise la technique !

Pendant une semaine, je suis rentrée chez moi dès le travail terminé et je me suis passionnée pour la fabrication du *castella*. Je m'y suis attelée comme à une tâche quotidienne.

Sur Internet, j'ai trouvé des solutions.

Garder les œufs à température ambiante. Durant la cuisson, laisser tiédir en posant la poêle de temps en temps sur un linge humide.

Ces petites astuces ont nettement amélioré le résultat. Mais ce n'était pas assez moelleux. Finalement, ce qui au début m'était apparu comme rébarbatif, à savoir « tamiser la farine » et « séparer les blancs des jaunes et faire une meringue » ne m'a pas semblé si dur que ça.

J'ai acheté un autre ustensile, un tamis. Faire une meringue s'est révélé compliqué, mais la pâte s'affinait et avait une belle apparence. Pourtant, j'étais insatisfaite. Je voulais viser encore plus haut.

En fin de compte, je me suis décidée à acheter un batteur pour réaliser une belle meringue.

Après de multiples tentatives, j'ai fini par comprendre le réglage du gaz et le bon moment pour laisser tiédir. En plus, ce que j'avais considéré comme un feu doux était encore trop fort. C'est le genre de geste qu'on n'acquiert que par l'expérience.

« Certaines choses s'apprennent au fil du temps », avait dit Numauchi.

Ma vie a connu un autre changement. Alors que désormais, je passais du temps en cuisine sur le *castella*, je me suis mise à préparer le dîner, même s'il restait simpliste. Comparé à la cuisson d'un *castella*, couper les légumes et la viande, les faire frire ou bouillir, étaient des tâches faciles. Grâce à mon autocuiseur, je me préparais aussi du bon riz. Je remplissais des Tupperware avec les restes des plats d'accompagnement et je faisais des *onigiri*, ce qui a impressionné Kiriyama quand il a vu mon déjeuner. Je l'étais aussi. Car quelques jours d'alimentation soignée avaient suffi à me redonner la forme, à la fois physiquement et moralement.

Aujourd'hui, sept jours plus tard, alors que je me tenais dans la cuisine, j'ai senti que ça allait marcher.

C'était le fruit de mes efforts, faits d'échecs et de réussites.

J'ai retiré le couvercle et hoché la tête, enfin fière de moi. Puis j'ai récité à haute voix :

« Le castella était prêt, tout doré et tout moelleux. »

Je l'ai mangé à même la poêle, comme dans l'album.

C'était moelleux et délicieux.

Moi aussi, j'avais réussi. Ce *castella* aurait fait saliver tous les habitants de la forêt.

Mes yeux étaient mouillés de larmes. Alors j'ai pris une solide résolution : à présent, je me préparerais de bons repas.

Lorsque j'ai offert une part de *castella* à Kiriyama, il s'est exclamé comme s'il était sincèrement épaté :

— Tu es géniale !

J'ai accepté bien volontiers le compliment.

Je voulais voir ce sourire. Je voulais le remercier pour la boule de riz. Peut-être était-ce pour ça que j'avais fait tant d'efforts et à cette idée, ma poitrine s'est serrée.

Il y avait une autre personne avec qui je souhaitais partager le gâteau.

Je suis retournée aux vestiaires et j'en ai offert à Numauchi en renouvelant mes remerciements pour l'autre fois.

— J'ai tenté de cuisiner un *castella* comme dans *Guri et Gura*.

Elle s'est esclaffée.

— *Guri et Gura* ? Quand j'étais petite, j'ai souvent lu ce livre, je l'adorais !

— Quand vous étiez petite ?

Numauchi a fait la moue à la vue de mes yeux grands comme des soucoupes.

— Bien sûr ! Moi aussi, j'ai été enfant un jour !

C'était une évidence. Même si je n'arrivais pas à l'imaginer.

Les livres populaires possèdent un pouvoir considérable. *Guri et Gura* éveillait des générations de lecteurs, sans avoir jamais changé.

Le regard perdu dans le vide, Numauchi semblait pensive.

— J'aime que dans cet album, tout ne se passe pas parfaitement.

— Ah oui ? ai-je demandé, intriguée.

Elle a acquiescé avec énergie.

— L'œuf, gros et glissant, est intransportable, et il est si dur qu'il est incassable. Les rats des champs enchaînent problème sur problème, comme avec la poêle qui n'entre pas dans leur sac à dos.

Quand j'en avais parlé à Kiriyama, il avait décrit cet ouvrage comme « l'album où les animaux de la forêt se rassemblent pour manger un gâteau ». Malgré la brièveté de l'histoire, chacun la décrivait à sa manière. C'était curieux.

Numauchi a poursuivi, guillerette :

— Ensuite, ils coopèrent en se conseillant l'un l'autre. C'est mon passage préféré !

Elle s'est tournée vers moi, le sourire aux lèvres.

— Car il vaut toujours mieux travailler ensemble !

Le mercredi suivant tombant un jour de congé, je me suis rendue à la bibliothèque du centre social pour rapporter les livres. Deux semaines s'étaient écoulées, jour pour jour.

J'ai attaché un fil à l'anneau doré de la poêle en laine feutrée et je l'ai accrochée à mon sac. Elle était devenue mon grigri.

Dès l'entrée, j'ai remis les livres à Nozomi, puis je suis allée au bureau de Komachi.

Comme la dernière fois, elle maniait l'aiguille en remplissant tout l'espace entre son bureau en L et le paravent.

La laine prenait forme tandis qu'elle la picotait.

Lorsque je suis arrivée à sa hauteur, elle a stoppé son geste et m'a adressé un regard. Avec respect, je me suis inclinée.

— Je vous remercie pour *Guri et Gura* et la poêle… Vous m'avez appris des notions importantes.

— Vraiment ?

Elle a penché la tête, le visage impassible.

— Je n'ai rien fait du tout. Tu as trouvé l'essentiel par toi-même, a-t-elle affirmé de son ton monocorde habituel.

— Les Honey Dome, c'est délicieux, n'est-ce pas ? ai-je dit en pointant du doigt la boîte orange.

Komachi s'est réjouie, les joues empourprées.

— J'adore ça ! Des gâteaux qui plaisent à tout le monde, c'est l'idéal non ?

J'ai hoché la tête avec vigueur.

C'était l'heure de mon cours d'informatique.

J'ai laissé la bibliothèque derrière moi pour me rendre en salle de réunion.

J'étais certaine d'être entrée dans la forêt.

J'ignorais encore quelles étaient mes capacités et mes envies. Mais je n'avais pas à me presser ni à vouloir dépasser mes limites coûte que coûte.

Je mettrais de l'ordre dans ma vie, je ferais de mon mieux et je me formerais en commençant par ce qui était à mon niveau.

Je préparerais mon avenir. Comme Guri et Gura qui ramassent des châtaignes dans les bois.

Car nul ne sait où et quand il va trouver un œuf géant.

Chapitre 2

Ryô, 35 ans, comptable chez un fabricant de meubles

Tout a commencé avec une cuillère.

Une petite cuillère en argent dont l'extrémité plate du manche rappelait une tulipe par ses encoches.

Posée sur une étagère, elle m'a intrigué sans raison particulière, alors je l'ai prise en main. En l'examinant sous tous les angles, j'ai vu un mouton gravé sur le manche. Sa taille évoquait une cuillère à café. Rêveur, je l'ai observée, puis j'ai exploré la boutique sombre en la gardant dans ma main.

Ce petit magasin foisonnait de vieux objets : montres à gousset, bougeoirs, bouteilles de verre, insectes naturalisés, os d'animaux mystérieux. Vis et écrous, clés. Une multitude de bibelots ternes conservés précieusement depuis une éternité, qui retenaient leur souffle, éclairés par une ampoule nue.

À cette époque, j'étais lycéen. Ce matin-là, au moment de quitter la maison, je m'étais querellé avec ma mère et je n'avais pas eu envie de rentrer directement après les cours. Alors j'étais descendu du train une gare avant la mienne et j'avais fait un détour, errant dans les rues.

Dans ce secteur en lointaine périphérie de Kanagawa, à l'écart du quartier commercial, j'avais découvert une boutique qui ressemblait à s'y méprendre à une habitation. À l'entrée, un chevalet de trottoir annonçait « ENMOKUYA », à la fois écrit en idéogrammes japonais et en toutes lettres sur le côté. À en juger par les articles visibles par la porte vitrée, c'était un magasin d'antiquités.

Un homme au visage ovale, un bonnet sur la tête, se tenait derrière la caisse – sûrement le gérant. Comme souvent dans les vieilles boutiques, lui-même avait l'air d'une antiquité. Il a assemblé une montre et réparé une boîte à musique durant tout le temps que j'ai passé dans son commerce, sans me porter la moindre attention.

Tandis que je parcourais le magasin, la chaleur de mon corps s'est transmise à la cuillère, toujours dans ma main, qui s'adaptait d'ailleurs parfaitement à sa forme. Après une longue hésitation, je l'ai achetée mille cinq cents yens. J'ignorais sa valeur, mais en tant que lycéen, mettre ce prix dans une cuillère était une dépense considérable. Pourtant, incapable de la reposer à sa place, j'ai refusé de m'en séparer et je ne l'ai pas lâchée.

Lors du paiement, le gérant au bonnet a précisé :

— C'est une petite cuillère en argent pur, fabriquée en Angleterre.

— De quelle époque date-t-elle ?

Il a chaussé ses lunettes et retourné la cuillère pour l'observer attentivement.

— 1905.

J'ai cru que c'était écrit sur le dos. Mais en l'inspectant moi-même, je n'y ai vu que quatre gravures – des lettres et un dessin – sans aucune date.

— Comment le savez-vous ?

— Hé hé !

Pour la première fois depuis mon entrée dans le magasin, il a ri. Il s'est bien gardé de répondre à ma question, mais l'expression de son visage, un franc sourire, m'a fasciné.

J'ai alors compris combien il était sincèrement féru d'antiquités. Combien il avait confiance en son expertise. J'ai trouvé cette boutique et ce monsieur vraiment admirables.

De retour chez moi, je contemplais la cuillère au mouton lorsque mon imagination s'est débridée. Qui l'avait utilisée dans l'Angleterre des années 1900 ? Comment ? Qu'avait mangé cette personne ?

Peut-être que la cuillère accompagnait la tasse de thé d'une noble dame pour l'*afternoon tea*. Peut-être qu'une douce mère de famille la portait à la bouche de son petit garçon. Peut-être qu'il en avait toujours pris grand soin, même une fois adulte. Ou alors, peut-être qu'elle était convoitée par trois sœurs qui se la disputaient. Ou alors…

Mes divagations se sont poursuivies indéfiniment. Je ne me lassais pas d'observer la cuillère.

Par la suite, je suis retourné de nombreuses fois à Enmokuya après l'école.

Le gérant s'appelait Ebigawa. Automne et hiver, il portait un bonnet de laine ; printemps et été, un bonnet de coton ou de lin. C'était un fan de bonnets.

Je lui ai acheté plusieurs petits objets, en fonction de mon argent de poche. Certains jours, je me contentais de regarder, confus pour Ebigawa. Quand je me tenais là, j'oubliais temporairement les soucis quotidiens. Les problèmes au lycée, les réprimandes de ma mère, mon avenir incertain. Peu importaient les souffrances vécues dans la réalité, un monde fabuleux m'accueillait une fois la porte poussée.

Plus tard, j'ai réussi à m'entretenir avec Ebigawa et des habitués, j'ai mémorisé l'histoire des antiquités ainsi que leur terminologie.

Il m'a également appris la signification de la gravure au dos de la cuillère : « *Hallmark* ». Au bout d'un an de visites récurrentes, il avait enfin éclairé ma lanterne. Les quatre symboles renvoyaient au fabricant, au taux de pureté du métal, à la preuve d'un contrôle en bonne et due forme ainsi qu'à l'année de fabrication.

— Tu vois la lettre « n » dans le carré ? Ça signifie « 1905 ».

Ebigawa avait identifié la date, non par des chiffres, mais grâce à une lettre dans un cadre. Éviter de graver des chiffres dépourvus d'élégance témoignait probablement du bon goût anglais.

— Le mouton doit être un blason ou un élément d'armoiries.

La cuillère m'est apparue comme encore plus précieuse. Ainsi, le mouton n'était pas qu'un joli motif. J'ai même ressenti la dignité de cette lignée familiale dans cette pièce unique.

Quelle prodigieuse source de rêveries ! Avalé par le monde des antiquités, j'ai éprouvé du respect pour Ebigawa.

Aujourd'hui, Enmokuya n'existait plus. Avant la fin du lycée, j'y étais allé comme à mon habitude et j'avais vu une affiche sur la porte, écrite à la main, qui disait : « Fermeture définitive ». Ainsi, ma relation avec Ebigawa s'est interrompue du jour au lendemain.

En dix-huit ans, c'est devenu un salon de coiffure, une boulangerie, puis un parking payant de cinq places seulement.

Je n'ai plus jamais eu la possibilité de franchir cette porte.

C'est pour cela que je m'étais dit : un jour, j'ouvrirai une boutique similaire.

Aujourd'hui, à 35 ans, je portais toujours ce souhait dans mon cœur.

Un jour, j'épargnerais, je démissionnerais de mon travail, je trouverais un local, je collecterais des antiquités.

Mais « un jour », c'était quand ?

Dès l'obtention de mon diplôme universitaire, j'en avais profité pour quitter la maison familiale et louer un appartement en ville. À présent, je travaillais au service comptabilité d'un fabricant de meubles. L'entreprise, loin d'être grande, ne visait pas le haut de gamme, mais plutôt des meubles simples à un prix abordable. La demande était constante et la gestion de la société, assez stable.

— Comment on fait, déjà ?

Tabuchi, le chef de service, placé en diagonale derrière mon bureau, a fait pivoter son siège, la tête tournée vers moi.

Récemment, un nouveau logiciel avait été installé dans toute l'entreprise, au grand dam de Tabuchi. À chaque blocage, il m'assaillait de questions. Je me suis interrompu dans la vérification d'un tableau de dépenses et je me suis levé.

Debout dans son dos, je lui ai expliqué la marche à suivre tout en maugréant intérieurement qu'il m'ait déjà posé la question la veille.

— Ah ! J'ai compris ! s'est-il exclamé avec un signe de la tête, avant d'ajouter en remuant ses lèvres épaisses : Merci du coup de main ! Toi, Urase, tu es doué !

Je suis retourné à mon bureau et j'ai poursuivi mon travail.

Je ne détestais pas les chiffres. Le service comptabilité procédait à la régularisation de l'économie de l'entreprise plus qu'à sa gestion. Il n'y avait ni pari ni défi. Disons simplement que c'était un emploi calme et logique qui ne nécessitait pas le moindre enthousiasme.

— Urase, ça te dit d'aller boire un verre demain soir ? Au même bar que le mois dernier. J'ai cru comprendre que pour leurs trois ans d'ouverture, ils font une remise sur les bières !

— Désolé, demain, c'est mon jour de congé, ai-je répondu, jetant un regard vers une pile de factures que j'avais sous la main.

— Ah bon !

J'étais profondément soulagé d'avoir une bonne excuse. Les beuveries en compagnie de Tabuchi, qui avait la langue bien pendue, m'étaient pénibles. Mais je n'avais pas pour autant le courage de refuser chaque proposition d'un supérieur hiérarchique que je croisais tous les jours. Nous étions début décembre, la soirée de fin d'année approchait. Là, ma participation serait obligatoire. Alors cette fois, si possible, je voulais m'y soustraire.

Tabuchi a orienté sa chaise vers moi.

— Tu sors avec ta copine ?

— Oui, on peut dire ça.

— Ouah, j'ai bon ! Je suis trop fort !

Il s'est donné une tape sur le front. Le genre de geste théâtral qui amusait, mais pas pour le côté comique de la situation. J'aurais dû me taire. Avec un geste du menton, il a ricané.

— Ça doit faire un bail que vous sortez ensemble, non ? Vous allez vous marier ?

— Tiens ! Une erreur de calcul ! Konno du service commercial se trompe constamment et c'est toujours à moi de tout recompter…

J'ai changé de sujet en feignant de me parler à moi-même, avec un rire forcé à l'attention de Tabuchi :

— Qu'est-ce qu'il peut y avoir comme gens qui ont du mal avec les tableaux de dépenses !

Hilare, Tabuchi s'est lui aussi repositionné face à son ordinateur.

La ligne interne a sonné. Yoshitaka, assise face à moi, a décroché d'un air las. Âgée d'une vingtaine d'années, elle avait été embauchée il y a peu. Après une réponse abrupte destinée à son interlocuteur, elle a lancé :

— Urase, c'est pour vous.

Elle a appuyé sur le bouton de mise en attente.

— Ah ? De la part de qui ?

— Je n'ai pas compris. Un homme.

— Merci…

J'ai saisi le combiné. C'était le service des affaires étrangères. Depuis la conclusion d'un accord sur l'importation de nouveaux meubles venant d'Angleterre, on m'avait confié l'élaboration d'un budget prévisionnel, mission théoriquement du ressort de Tabuchi. Pour une raison quelconque, les autres services passaient très fréquemment par moi. Ma timidité leur facilitait sans doute la tâche pour me donner des ordres.

J'ai mis la conversation en attente et j'ai demandé à Tabuchi :

— Vous avez terminé le budget prévisionnel pour la marque anglaise ? Le service des affaires étrangères le veut avant la réunion de demain.

— Ah, ça ? Je n'y comprends rien. Ce n'est pas en dollars mais en livres, je n'arrive pas à m'y faire. Moi, je suis nul en anglais, contrairement à toi !

La vue de son regard suppliant m'a tiré un énorme soupir intérieur.

— Très bien… Je m'en charge.

— Désolé ! La prochaine fois, je te paierai un coup à boire ! a-t-il dit avec un geste de la main.

Pendant ce temps, Yoshitaka se coupait les pointes des cheveux.

Que mon supérieur soit incompétent et ma subordonnée démotivée m'était supportable. Mais dans ce genre de moment, je n'avais qu'une envie : démissionner.

J'étais si peu sociable que j'avais eu de la chance d'être affecté au service comptabilité, comme j'en avais fait le vœu, et non au service commercial. Mais dans toute structure, j'aurais forcément affaire à des relations assommantes.

Comme je serais mieux dans une boutique pleine d'objets que j'affectionnerais ! Je ne discuterais qu'avec des admirateurs d'antiquités, tels que moi !

Malheureusement, je ne pouvais pas démissionner. Je n'avais pas assez d'argent de côté et, surtout, les jours défilent vite en travaillant toute la semaine. Débordé par le quotidien, je n'avais pas le temps de me pencher sur l'ouverture d'un magasin ni de préparer quoi que ce soit.

Quand pourrais-je pousser la porte de mon commerce d'antiquités ? Ma seule certitude, c'était que ce soir, je ferais des heures supplémentaires inutiles.

Le lendemain, mercredi, je suis allé chercher ma petite amie Hina à son domicile. Elle habitait une maison dans un quartier résidentiel calme.

Comme si elle surveillait la rue depuis sa chambre, elle a sorti la tête par la fenêtre du premier étage et m'a appelé :

— Ryô !

Elle est aussitôt retournée à l'intérieur, si bien que j'ai attendu dans le jardin sans presser la sonnette, pensant qu'elle sortirait, lorsque sa mère a surgi à l'entrée.

— Bonjour, Ryô, ça fait longtemps ! Tu as l'air en forme.

— Bonjour.

— Tu dînes avec nous ce soir, n'est-ce pas ?

— Euh... Oui, merci pour l'invitation.

— Je t'en prie ! En plus, le père de Hina se réjouit lui aussi à chacune de tes visites. Que préfères-tu, viande ou poisson ? Hina n'avale que de la viande, alors dès qu'on a un invité, j'essaie d'en profiter pour cuisiner du poisson...

Hina s'est précipitée vers nous.

— Maman, arrête de parler à Ryô !

Elle m'a pris par le bras. Elle dégageait une odeur de vanille. C'était son parfum.

— On y va !

De sa main libre, Hina a salué sa mère, puis elle m'a entraîné hors du jardin.

Nous avions dix ans d'écart. Elle n'était âgée que de 25 ans.

Nous nous étions rencontrés trois ans plus tôt, sur la plage de Kamakura. Je flânais dans un marché aux puces qui avait lieu dans un temple, et tandis que je poursuivais ma promenade sur le rivage, j'avais vu une jeune femme qui, accroupie au bord de l'eau, cherchait quelque chose.

À son expression si concentrée, j'avais cru qu'elle avait perdu un objet de valeur, mais quand je lui avais adressé la parole, elle avait répondu :

— Je ramasse du verre poli.

C'étaient des tessons de verre déposés sur le rivage par la mer. Au fil du temps, ces fragments issus de contrées et d'époques lointaines sont ballottés et polis par les vagues. Ils deviennent des objets d'art produits par la nature et s'échouent sur les plages de pays étrangers.

Hina en confectionnait des bijoux. Son Tupperware renfermait des bouts de verre de couleur verte ou bleue, mais aussi des coquillages et des étoiles de mer séchées.

— Ça laisse rêveur de se dire que c'est une partie d'un objet utilisé par quelqu'un autrefois. Qui l'a eu entre les mains ? Dans quelles conditions ? Y penser fait partir mon imagination dans tous les sens !

« Nous sommes pareils », ai-je réalisé.

Ce regard, cette sensibilité, cette vision du monde… Elle était comme moi.

Je me suis aussi plié en deux pour inspecter le sol et j'ai découvert tout un tas de choses. Des algues sèches, du bois flotté, des cailloux. Mais aussi une sandale, des sacs plastiques, des bouchons divers et variés… Des déchets artificiels, en somme. À la réflexion, la plage était une brocante géante.

Parmi tout cela, j'ai trouvé un petit fragment de verre poli en forme de haricot sec.

— Tenez, si ça vous intéresse.

— Ouah ! s'est-elle exclamée d'un ton extravagant, les yeux écarquillés. C'est superbe ! Rouge, c'est vraiment rare. Je suis tellement contente, merci beaucoup !

J'ai répondu « De rien » avec un salut de la tête et je suis parti à la hâte. Toute joyeuse, elle était si mignonne que j'en étais gêné. Mais parfois, la vie offre aussi des chances comme celle-ci. Sur le moment, je n'ai pas vu plus loin que ça.

Sauf que notre histoire ne s'est pas terminée là.

Le week-end suivant, nous nous sommes recroisés par hasard sur un salon d'antiquités au palais des congrès Tokyo Big Sight. Entre d'innombrables stands et une foule de visiteurs, je l'ai retrouvée comme par miracle. J'ai cru voir une lumière se dégager d'elle, même si j'ai honte de l'avouer.

Je l'ai hélée pendant ses emplettes. Mon geste était spontané, je n'ai pas réfléchi. Hina a été aussi surprise que moi, et dans le cours de la discussion, j'en suis venu à lui proposer d'aller boire un thé ensemble. En vérité, je m'essayais à la séduction pour la première fois. Dès que j'y repense, mon propre comportement me stupéfie.

Nous avions pour point commun d'adorer les antiquités. Alors nous sommes allés à deux dans des magasins spécialisés et sur des brocantes.

— Un jour, j'aimerais ouvrir une boutique avec toi.

Il nous est arrivé d'évoquer le sujet en de très rares occasions. Mais « un jour », c'était quand nous serions à la retraite, si nous gagnions cent millions de yens au loto, ce genre d'illusions. Hina ignorait que j'y aspirais sérieusement.

Combien d'années me restait-il avant la retraite ? Le moment venu, aurais-je les fonds, la ferveur, la force physique pour ouvrir un commerce ?

Aujourd'hui, Hina m'avait invité à participer à un petit atelier de découverte des minéraux. Un centre social situé près de chez elle, dans une école primaire

– différente de celle de son enfance – organisait cours et manifestations.

— Comment as-tu découvert cet endroit ?

— Je souhaite me créer un site Internet, alors j'ai cherché des cours d'informatique et j'ai vu qu'ils en proposaient. J'y vais en ce moment. C'est plus ou moins un cours particulier, j'apprends tout ce qu'il faut. Ça dure deux heures pour deux mille yens. Un centre social, c'est génial ! En plus, il y a plein d'événements et de clubs.

Fabriquer des bijoux à base de verre poli ne lui suffisant pas, elle songeait à les vendre. Hina avait un petit job administratif trois fois par semaine. Résidant chez ses parents, elle n'avait pas à se soucier des dépenses quotidiennes et avait du temps pour la création de bijoux et d'une boutique en ligne. Contrairement à moi.

Et voilà que j'étais négatif. J'ai secoué la tête pour chasser mes idées noires.

Accompagné de Hina, je suis entré dans le bâtiment blanc du centre social, puis j'ai écrit mon nom, la raison de ma venue et mon heure d'arrivée sur le formulaire de l'accueil. Visiblement, une dizaine de visiteurs étaient passés le matin même pour utiliser une salle de réunion, une pièce à la japonaise, mais aussi la bibliothèque. J'étais étonné qu'il y en ait une.

L'atelier, qui se déroulait en salle B, ne comptait que quatre participants. À part nous, deux hommes retraités s'étaient inscrits. Peut-être qu'être en petit comité convenait mieux à cette activité.

L'animateur était un homme, la cinquantaine, du nom de Mogi. D'abord, il s'est présenté en quelques mots. Employé d'une fonderie, son intérêt pour les minéraux avait grandi progressivement et il avait obtenu une certification d'expert sur le sujet. Pendant son temps libre, il organisait des ateliers et des sorties d'extraction de pierres, presque toujours en tant que bénévole.

« Son intérêt avait grandi progressivement », puis il était devenu « bénévole »... Il devait se faire plaisir sans nuire à quiconque.

Même si je n'avais rien à faire là, j'ai trouvé l'atelier intéressant. Mogi nous a présenté les différents types de minéraux, leur processus de formation, l'utilisation correcte d'une loupe, et il nous a montré des minéraux rares.

Chacun des participants a reçu une pierre de 5 centimètres de long. D'après Mogi, cette roche striée du violet au jaune était de la fluorine en provenance d'Argentine.

— Bon, nous allons la polir !

Il fallait verser un peu d'eau sur la pierre à l'aide d'une pipette, la frotter avec du papier de verre, la rincer à l'eau quand la surface s'aplanissait un peu, puis utiliser un papier de verre au grain plus fin.

Une fois ses irrégularités aplanies, la fluorine a dévoilé ses rayures avec éclat. J'ai trouvé cette activité divertissante.

Mon rêve d'être antiquaire s'est soudain réveillé. Oui, je pourrais ajouter un coin dédié aux minéraux. Mogi pourrait même y tenir des ateliers en petits groupes.

À la fin des quatre-vingt-dix minutes, Hina m'a prévenu :

— Je vais discuter avec M. Mogi, tu veux bien m'attendre ? J'aimerais créer des bijoux avec des minéraux et je voudrais savoir quelles pierres conviendraient, notamment concernant leur solidité.

Quelle motivation ! Je n'avais aucune raison de me mettre en travers de son projet, elle qui était focalisée sur sa boutique en ligne.

— D'accord. Apparemment, il y a une bibliothèque, alors je vais regarder les livres. Prends ton temps.

Sur ces mots, j'ai quitté la salle de réunion.

J'ai lorgné l'intérieur de la bibliothèque depuis l'entrée : elle était plus grande que je ne l'avais imaginé. Elle regorgeait d'étagères contre les murs et au centre de la pièce.

Il n'y avait personne. Seule une jeune fille à l'accueil, au tablier bleu marine, entrait des codes-barres de livres sur un ordinateur.

J'ai commencé par l'étagère murale la plus proche de l'entrée. Comme cet établissement était rattaché à une école primaire, je m'attendais à une majorité d'œuvres destinées à la jeunesse, mais à ma grande surprise, il était aussi bien approvisionné qu'une bibliothèque classique.

Je suis parti en quête d'un livre sur les antiquités. J'ai aussitôt trouvé le rayon Art et feuilleté quelques ouvrages, puis j'ai cherché des guides sur la création d'un magasin.

À ce moment-là, la jeune fille en tablier bleu marine est passée près de moi. Elle tenait trois volumes. Sûrement des retours.

— Avez-vous quelque chose sur la création ou la gestion d'une entreprise ? ai-je demandé.

Ses yeux grands ouverts se sont agités avec inquiétude. Elle devait avoir moins de 20 ans.

— Euh… Sur le monde des affaires, alors ? Pourquoi pas des autobiographies de chefs d'entreprise…

D'après son badge, elle se nommait Nozomi Morinaga. Navré pour elle de la voir réfléchir ainsi avec effort, je lui ai signalé que je me débrouillerais. Elle a répondu, tout empourprée :

— Veuillez m'excuser, j'apprends le métier de bibliothécaire. La responsable se trouve dans le coin Conseils au fond de la pièce, n'hésitez pas à lui demander.

Dans la direction indiquée, une pancarte « Conseils » était suspendue au plafond.

S'il y avait une bibliothécaire, alors c'était une vraie bibliothèque, malgré sa taille modeste. Je me suis dirigé vers le fond de la pièce, j'ai contourné un paravent et au premier regard, j'ai sursauté.

Une dame gigantesque était assise là.

Une tête sans menton reposait sur un corps prêt à exploser. Elle était vêtue d'un tablier beige sur un cardigan ivoire à larges mailles. Sa peau et ses vêtements étaient si blancs qu'elle rappelait le Bibendum Chamallow de *SOS Fantômes*.

Je me suis rapproché craintivement. Loin d'avoir l'air aimable, le Bibendum Chamallow était parcouru de tremblotements. Elle semblait se sentir mal. Mais, baissant les yeux sur ses mains, j'ai vu qu'elle plantait une aiguille dans une balle. Elle devait être stressée...

Réticent à l'idée de lui parler, j'allais faire demi-tour lorsqu'elle a rapidement relevé la tête. Décontenancé de croiser son regard, je suis resté figé sur place.

— Qu'est-ce que tu cherches ?

Sa voix douce m'a pris au dépourvu. Elle était pleine de tendresse, en dépit d'une absence totale de sourire. Comme happé, je me suis tourné vers elle en chancelant.

Ce que je cherchais... c'était probablement le moyen de réaliser mon rêve.

Un badge pendait sur la poitrine du Bibendum Chamallow : « Sayuri Komachi ». Son nom de famille était donc Komachi. Une longue épingle à fleurs blanches était piquée dans son chignon.

— Euh... Auriez-vous des livres sur la création d'entreprise ?

— La création d'entreprise..., a-t-elle répété.

Elle a semblé réfléchir intensément, me mettant légèrement mal à l'aise. Peu après, j'ai ajouté :

— Ainsi que sur la marche à suivre pour démissionner…

Moi qui ne pouvais ni créer d'entreprise ni quitter mon poste actuel.

Komachi a rangé l'aiguille et la balle dans une boîte cartonnée orange à portée de sa main. C'était une boîte de biscuits Honey Dome de chez Kuremiyadô. Dans mon enfance, j'en recevais en guise de récompense quand j'aidais aux tâches ménagères.

Komachi a refermé le couvercle et m'a regardé.

— La création d'entreprise est un sujet très vaste. Que veux-tu faire ?

— Un jour, je voudrais ouvrir mon magasin d'antiquités.

— Un jour…

À nouveau, Komachi n'a répété que quelques mots. Son ton, bien que monocorde, m'a incité à me justifier au plus vite.

— En fait, je ne peux pas encore démissionner. D'autant que je n'ai pas assez d'argent pour lancer mon commerce. Je dis « un jour », mais il est possible que ça se termine en rêve inachevé.

— « Que ça se termine en rêve inachevé » ?

Elle a brusquement penché la tête sur le côté.

— Un rêve ne peut pas « se terminer » tant qu'il existe. Il restera pour toujours un rêve magnifique. Même si tu ne le réalises pas, c'est aussi un choix de vie. Car rêver sans plan déterminé n'est pas quelque chose de mal. Ça permet de profiter pleinement de la vie.

J'en ai perdu mes mots.

Si « un jour » était une formule magique pour poursuivre le rêve, quelles paroles fallait-il prononcer afin de l'accomplir ?

— Mais si tu désires savoir ce qui se trouve au-delà du rêve, alors il faut tout faire pour.

Soudain, Komachi s'est redressée et s'est tournée vers son ordinateur. Elle a posé les mains sur le clavier, immobiles, et l'instant suivant, elle a tapé sur les touches à une telle vitesse que ses doigts étaient invisibles. J'en suis resté bouche bée.

Enfin, elle a pressé la touche Entrée avec un grand geste, déclenchant une impression. Puis elle m'a tendu la feuille qui répertoriait dans un tableau des titres de livres, leurs auteurs et des numéros d'étagère.

Vous êtes capable d'ouvrir un commerce ; *Ma boutique* ; *Sept choses à faire quand on compte démissionner.*

En bas de la liste figurait un titre sans aucun rapport, au point que je l'ai lu deux fois.

Pourquoi mon compost est-il chaud ? et autres questions essentielles sur le jardin.

Estimant que Komachi avait fait erreur, j'ai relu ce long titre à voix basse, ce qu'elle a dû entendre. Mais elle m'a regardé en silence.

— Des « questions essentielles sur le jardin » ?

— Oui. Et ça, ce sont des fleurs d'acacia, a-t-elle répondu en mettant la main à son épingle à cheveux.

Son visage restant inexpressif, je n'ai pas su quoi dire. Alors je l'ai félicitée par pure politesse :

— C'est superbe.

Elle a posé le doigt sur la boîte de gâteaux.

Des fleurs blanches étaient dessinées sur le couvercle. Probablement des fleurs d'acacia. Je connaissais depuis bien longtemps cette boîte, sans jamais avoir su le nom des fleurs.

— Le miel dans les Honey Dome, c'est du miel d'acacia, n'est-ce pas ? ai-je murmuré.

Komachi a légèrement incliné son grand corps et ouvert le deuxième tiroir de son bureau.

— Tiens, c'est pour toi.

— Pour moi ?

Elle a tendu la main, comme si elle tenait avec légèreté un petit pain fourré à la crème pâtissière. Par automatisme, j'ai fait de même ; elle a déposé dans ma paume un objet vaporeux.

On aurait dit une pelote de laine... en forme de chat. Un chat tigré, marron et noir, couché sur le côté.

— Qu'est-ce que c'est ?

— Un petit plus.

— Pardon ?

— C'est un petit cadeau en plus des livres.

Un petit plus... Mais comment ça, pour moi ? Avais-je la tête d'un amateur de chats ? Pour quelle raison ?

— Ce que j'aime, c'est qu'il n'y a pas besoin de patron pour fabriquer ça. Ni aucune obligation sur la forme à obtenir.

Elle a soulevé le couvercle de la boîte à gâteaux pour reprendre l'aiguille et la balle, puis elle s'est remise à picoter. À en juger par l'atmosphère, il était temps pour moi de cesser mes interrogations, alors j'allais me retirer avec la feuille de papier et le chat.

— Ah, j'oubliais, a-t-elle dit sans même un regard. Quand tu partiras, pense à noter ton heure de départ à l'accueil. Beaucoup de visiteurs oublient.

— Très bien.

Elle a manié l'aiguille, encore et encore. Le Bibendum Chamallow vibrait par petits à-coups.

J'ai comparé les numéros d'étagère en me rapportant au tableau et attrapé tous les livres indiqués. Et le quatrième aussi. Son titre était long, avec une partie en gros caractères.

Hina est apparue à ce moment-là. Elle avait fait vite. Ou plutôt, j'avais discuté plus longtemps que prévu avec Komachi.

À la vue du chat, Hina, à qui rien n'échappait, s'est exclamée en me le prenant des mains :

— D'où ça vient ?

— La bibliothécaire me l'a donné.

— Il est adorable ! C'est du feutrage à l'aiguille.

Ça portait donc ce nom ! Je comptais le lui offrir, mais elle me l'a rendu en demandant :

— Tu empruntes des livres ?

Interdit, j'ai repris le chat.

— Non, je jetais juste un œil...

J'ai aussitôt caché les trois livres en plaçant celui sur les plantes sur le dessus, de sorte qu'elle ne distingue pas les titres.

— Je vous crée une carte de lecteur ? a questionné Nozomi.

Elle qui étudiait pour devenir bibliothécaire paraissait se donner à fond dans son travail.

J'allais refuser lorsque Hina a répondu à ma place :

— Tout le monde peut emprunter des livres ?

— Uniquement les habitants de l'arrondissement.

— Alors je vais prendre une carte à mon nom. Il n'habite pas ici.

Hina s'est dirigée vers l'accueil, invitée par une Nozomi pleine de bonne volonté. J'en ai profité pour reposer rapidement sur l'étagère les livres ayant trait à la création d'entreprise. J'ai emprunté le quatrième comme si de rien n'était, et tel un amateur de plantes inexpérimenté, j'ai laissé la bibliothèque derrière moi.

Près de la sortie, je me suis souvenu des paroles de Komachi. Elle avait bien insisté sur le fait qu'il faille noter notre heure de départ. La tâche accomplie et le stylo-bille reposé, j'ai remarqué une pile de feuilles de papier sur le côté.

Le document s'intitulait : *Gazette du centre social d'Hatori*. C'était une photocopie couleurs de format A4 d'un document rédigé à la main, à disposition des visiteurs.

Mon regard a subitement été attiré par le bas de la page. Y figurait la photo d'un chat identique à celui offert par Komachi. C'était un chat tigré dans les bras d'un homme à lunettes, vêtu d'une marinière. En arrière-plan, des étagères chargées de livres.

Machinalement, j'ai pris le papier.

Ce numéro 31 de la gazette traitait des établissements recommandés par le personnel et, divisé en six, il présentait des commerces de Tokyo : pâtisserie, fleuriste, café, restaurant de porc pané *tonkatsu*, bar karaoké. Tout en bas de la page, sous la photo du chat, une légende disait : « Librairie recommandée par Sayuri Komachi, bibliothécaire ».

Elle s'appelait Cat's Now Books. C'était une librairie sur les chats, avec des chats.

— On dirait qu'il va pleuvoir. Dépêchons-nous, Ryô, a ajouté Hina en regardant dehors, une fois la porte ouverte.

Pliant la feuille en deux, je l'ai glissée dans le livre que j'ai rangé dans mon sac, puis je suis sorti du centre social.

Hina avait deux sœurs aînées. La plus grande, Kimiko, était âgée de 35 ans, comme moi ; la cadette, Erika, avait 32 ans. Étrangement, Hina avait été conçue bien plus tard.

Kimiko, célibataire, travaillait comme ingénieure du son pour une chaîne télévisée d'Osaka, et Erika, mariée à un Tchèque, vivait à Prague. Je comprenais alors très bien que leurs parents chérissent tout particulièrement Hina, qui habitait près d'eux.

Pourtant, ils acceptaient sans difficulté le fait qu'elle passe ses week-ends chez moi ou que nous partions quelques jours en voyage. Ils affirmaient qu'elle était adulte désormais et préféraient cela à la voir agir à leur insu. C'était peut-être le cas quand on était la dernière de la fratrie.

L'an dernier, j'avais loué une voiture pour une balade estivale et en reconduisant Hina chez elle, j'avais été plus ou moins forcé d'entrer dans la maison. Depuis lors, j'avais peu à peu intégré la famille. Je n'avais jamais abordé concrètement la question du mariage avec Hina, mais ses parents semblaient déjà voir les choses sous cet angle.

— Tu as beaucoup de travail, Ryô ? m'a demandé son père en tendant la bouteille de bière pour me resservir.

Je me suis hâté de vider mon verre à moitié plein.

— Oui, assez. Nous sommes en pleine période de régularisation de fin d'exercice… Mais c'est ma faute, je ne suis pas très compétent.

— Tu es une bonne nature et tu es sérieux, alors je parie qu'on te refile le travail des autres !

Il a rempli mon verre vide. Je l'ai remercié d'un signe de tête.

— Papa, Ryô tient mal l'alcool, alors ne le fais pas trop boire, a averti Hina.

Il a répliqué en riant que je n'avais qu'à rester dormir.

— Hina, tu viens m'aider ?

La voix de sa mère a jailli de la cuisine. Hina s'est levée de son siège.

Son père a tendu ses baguettes vers la plie bouillie dans de la sauce soja et a déclaré, le regard baissé :

— Depuis toujours, mes deux aînées ont fort caractère. Elles n'en font qu'à leur tête, prêtes à prendre des risques, a-t-il chuchoté, sûrement pour ne pas être entendu depuis la cuisine. Hina fait les choses à sa façon, c'est une enfant coupée de la réalité qui ne tient que des propos fantaisistes. Nous l'avons trop gâtée. Alors je suis rassuré qu'un homme solide tel que toi soit présent à ses côtés.

Après un court silence, il m'a fixé avec un doux sourire.

— Je te confie ma fille.

Loin d'être solide, j'étais incapable de répondre avec entrain par la positive. Je me suis contenté d'un sourire ambigu, simulant l'embarras.

Heureusement, il m'appréciait. Il me considérait comme conjoint potentiel de sa fille adorée que je passerais ma vie à protéger.

Mais cela me mettait la pression. Il n'était pas question d'évoquer mon désir de créer un magasin après avoir démissionné de mon travail, qui bien qu'au sein d'une petite entreprise, me garantissait la stabilité.

Car ce qui les rassurait, ce n'était pas moi, mais mon emploi.

De retour chez moi, j'ai pris une douche, puis je me suis allongé sur le lit en attrapant le livre de la bibliothèque et mon smartphone.

Pourquoi mon compost est-il chaud ? et autres questions essentielles sur le jardin.

La couverture donnait dans le haut de gamme. Elle était blanche, avec des plantes élégamment dessinées au crayon, et au centre, les lettres évidées du titre scintillaient de vert. Ce livre avait été conçu avec soin.

J'ignorais pourquoi la bibliothécaire me l'avait conseillé, mais de toute évidence, il me plaisait. À l'intérieur, une profusion d'illustrations raffinées accompagnait une mise en pages des textes à l'horizontale, facile à lire. Avec une question par double page, il me paraissait accessible dès la fin de l'école primaire, sans pour autant être puéril.

Je me suis allongé sur le dos, et quand j'ai ouvert le livre, la *Gazette du centre social* en est tombée avec délicatesse. Posant l'ouvrage sur le coin de mon oreiller, j'ai ramassé la feuille.

Une librairie sur les chats…

D'après l'article, le patron, Yasuhara, avait recueilli des chats et les avait embauchés. La librairie, dédiée aux livres sur le sujet, se trouvait dans le quartier tokyoïte de Sangenjaya, et une partie des recettes était reversée à une association de protection des chats.

Tiens, le manche de la cuillère au mouton, où je voyais une tulipe, ressemblait aussi à une patte de chat. De type « trefid », c'était un manche plat et large à deux encoches.

Sur mon téléphone, j'ai tapé « Cat's Now Books » dans la barre de recherche.

Étonnamment, plusieurs interviews se sont affichées à la suite d'un compte Twitter.

J'ai cliqué sur le premier article ; Yasuhara est apparu vêtu d'un T-shirt au motif de chat. Il tenait un félin dans les bras, devant une étagère à livres, mais c'était un chat noir et non le tigré de l'autre photo. Combien de chats possédait-il ? On pouvait aussi commander des boissons dans sa librairie. D'ailleurs, figurait un cliché d'une bière dénommée « Le chat du mercredi ».

« Des chats, des livres, de la bière. Être entouré de ce qu'on aime », disait la légende sous la photo. J'observais Yasuhara, tout sourire face à l'objectif.

Quel chanceux ! Il avait réalisé son rêve…

Mes paupières se sont alourdies. Mes yeux ont distraitement parcouru l'article en ligne. Yasuhara dirigeait sa librairie en étant salarié d'une entreprise spécialisée dans les technologies de l'information.

Comment était-il possible de cumuler deux activités ? *Social business. Crowdfunding*. J'ai lu l'article en sautant les mots anglais inconnus.

« Avoir une carrière parallèle, c'est avoir deux emplois complémentaires, sans rapport de dominance entre les deux », déclarait Yasuhara.

« Sans rapport de dominance » ? Qu'est-ce que ça signifiait ?

En tapant l'expression « carrière parallèle », j'ai appris que son origine était à attribuer à Peter Drucker, théoricien du management, qui suggérait de « développer une seconde activité en parallèle ». C'était une occupation secondaire, donc ?

J'ai bâillé.

Puis j'ai éteint mon téléphone. J'étais fatigué et en plus, j'avais bu. Assailli par le sommeil, j'ai aussitôt fermé les yeux.

Le lendemain, j'ai interpellé Yoshitaka, sur le point de quitter le bureau à 17 heures précises.

— Vous avez fini de vérifier l'état des frais du service commercial ? Ils attendent le document.

— Ah... Pas encore. Je viens juste de me vernir les ongles, on peut voir ça demain ? a-t-elle rétorqué en secouant une main.

Comprendre en quoi elle ne pouvait pas s'exécuter sous prétexte qu'elle s'était verni les ongles était en dehors de mes capacités.

— Le délai, c'est aujourd'hui, vous savez.

J'avais l'intention de m'exprimer avec le maximum de tact. Mais Yoshitaka a grimacé, comme insultée.

Sans un mot, elle s'est rassise à son bureau avec hargne et a sorti son téléphone de son sac du bout des doigts. Puis elle a passé un appel :

— Allô ? Désolée, je vais être en retard. J'ai un truc à finir au plus vite au boulot.

Sans l'ombre d'un doute, elle avait téléphoné au lieu d'envoyer un message ou un e-mail pour que j'entende la conversation. Je me suis senti désolé pour elle.

Mais pourquoi me sentir coupable ?

J'ai attendu Yoshitaka en m'occupant d'une tâche non urgente. Moi aussi, j'avais des plans pour aujourd'hui. Mais je ne pouvais pas m'éclipser sans recevoir l'état des frais, parce que je devais le revérifier avant qu'il ne soit traité demain matin à la première heure.

Quarante minutes plus tard, elle a jeté le document sur mon bureau et a quitté les lieux.

J'ai regardé ma montre. J'ai préparé mes affaires, glissant le rapport dans ma sacoche pour le relire chez moi. Je savais pertinemment que ça ne serait pas comptabilisé en heures supplémentaires, mais je n'avais pas le choix.

Je me suis rendu à Shinjuku pour faire un tour sur une brocante organisée dans un grand magasin jusqu'à ce jour.

Heureusement, je suis arrivé une heure avant la fermeture. Sur place s'alignaient des stands de poteries, de rouleaux *emaki*, d'articles divers. L'ironie, c'est qu'ils n'étaient toujours pas vendus, et comme souvent, la brocante s'apparentait plus à une exposition.

En clair, ils se vendaient mal. Moi-même, j'étais indéniablement venu pour regarder. Je songeais à cela en admirant de la porcelaine ancienne d'Imari.

Si j'avais une boutique, combien d'articles faudrait-il écouler en une journée pour en retirer des bénéfices ? En déduisant les frais divers, tels que le loyer, l'électricité, les meubles ? Et les taxes ?

À peine m'étais-je penché sur la question que j'ai compris combien c'était mission impossible. Mais je m'en étais douté.

— Oh, Ryô ? C'est toi ?

Je me suis retourné sur un homme aux cheveux permanentés longs et ondulés. Son blouson à fleurs rose fluo et vert pomme était tape-à-l'œil. Deux secondes m'ont suffi pour reconnaître ce visage.

— Nasuda ?

— C'est ça ! Eh bien, tu as bonne mémoire !

C'était un habitué d'Enmokuya. Il habitait une grande maison à deux étages juste à côté du magasin. Fils unique d'un agent immobilier, il vivait selon son bon plaisir tout en aidant au commerce de son père. Il aimait l'expression « fils prodigue », surnom qu'il s'était lui-même attribué. À l'époque, il était âgé d'une vingtaine d'années, alors il avait forcément vieilli depuis tant de temps sans retrouvailles. Mais son style vestimentaire toujours aussi psychédélique a ravivé ma mémoire, ce qui s'est avéré très pratique.

— Toi aussi, tu m'as reconnu, Nasuda !

— Parce que tu n'as pas changé ! Tu as toujours l'air craintif !

Ses mots m'ont blessé, mais la nostalgie l'a emporté. Il était resté égal à lui-même.

— Tu fais quoi en ce moment ? a-t-il demandé.

— Je suis un salarié de base. Et toi ?

— Je suis un fils prodigue de base !

Il a sorti un porte-cartes de son sac à dos et m'a remis sa carte de visite. En haut à gauche de son nom figuraient trois fonctions écrites en anglais : *Renovation Designer – Real Estate Planner – Space Consultant*. Je ne comprenais pas trop, mais je percevais qu'il travaillait dans divers secteurs immobiliers.

— Ça fait un bail ! J'ai été surpris qu'Enmokuya ferme du jour au lendemain.

— Oui…

— La police est même venue chez moi. Ce n'était pas une partie de plaisir.

— À ce point-là ?

Mon cœur a bondi dans ma poitrine. Je m'étais toujours inquiété, me demandant si Ebigawa n'était pas tombé malade ou ne s'était pas retrouvé impliqué dans une enquête criminelle.

— À cause de ses affaires au point mort, Ebigawa a contracté d'énormes dettes et il a pris la fuite.

Cette nouvelle m'a démoralisé. J'aurais encore préféré une maladie ou une affaire criminelle.

Le monde merveilleux d'Enmokuya a resurgi nettement dans mon esprit.

— Son commerce n'avait pas du tout l'air lucratif, a critiqué Nasuda. Ça a dû être très dur. Du coup, Enmokuya est parti en fumée.

Tenir une boutique était bel et bien laborieux. D'autant plus un magasin d'antiquités, mon rêve.

— Tu as une carte de visite ?

Je lui en ai tendu une.

— Oh, tu travailles pour un fabricant de meubles ! Kishimoto, je connais bien ! Si tu as besoin de quoi que ce soit, n'hésite pas à me contacter, je suis du genre touche-à-tout. Tu as entendu parler du showroom de Libera ? C'est moi qui l'ai coordonné !

Libera était une grande marque d'aménagement intérieur.

Je l'aurais cru incapable de gérer un projet d'une telle envergure, même si ce n'était pas très bienveillant de penser ainsi.

Mais en tant que membre du service comptabilité, il n'y avait aucune chance pour que je collabore avec lui.

Son téléphone a sonné. Jetant un œil sur l'écran, il s'est exclamé et m'a laissé sur une proposition d'aller boire un verre prochainement. Puis, décrochant le téléphone, il a quitté le grand magasin.

Le lendemain matin, au bureau, j'ai guetté un moment de solitude pour m'adresser à Yoshitaka.

Chez moi, j'avais constaté que la somme totale des factures et celle figurant sur le relevé de compte correspondaient. Mais en examinant les factures jointes par Hosaka, du service comptabilité, j'avais remarqué que sur l'une d'elles, du correcteur liquide avait été étalé de manière peu naturelle et que le chiffre des unités avait été modifié. C'était une note de frais d'un rendez-vous professionnel dans un café. Si le montant visible par transparence était juste, il y avait une erreur dans le relevé de compte, avec douze yens supplémentaires de facturés.

Le montant initial était écrit au stylo-bille. Mais la rectification était inscrite au feutre, avec une écriture différente, qui plus est. Je l'imaginais difficilement être de la main de l'employé du café. C'était soit Hosaka, soit…

— Yoshitaka, dites-moi…

À la vue de la facture que je désignais, son visage s'est crispé ; puis, faisant la moue, elle a riposté avec agacement :

— Ben, c'est parce que le compte était faux. Ça me saoulait d'aller voir Hosaka juste pour lui demander de tout recalculer. On s'en fiche, c'est qu'une dizaine de yens ! La boîte ne va pas couler pour si peu.

— Mais ça ne se fait pas.

— Alors je vais payer. Ça résoudra le problème, non ?

— Non, ça ne fonctionne pas comme ça.

— Quel radin ! Les femmes vont vous détester si vous chipotez pour dix yens !

— Mais le souci, ce n'est pas le montant !

J'avais crié si fort que j'en étais moi-même étonné.

Les joues rouges, Yoshitaka a détourné la tête. Elle ne devait pas non plus s'attendre à me voir hurler.

— Il faut se calmer, là ! m'a-t-elle craché à la figure, et attrapant son sac et son manteau, elle s'est ruée hors du bureau.

J'étais préoccupé, à la fois insatisfait de la situation et inquiet de l'endroit où Yoshitaka s'était rendue. Tabuchi, à son bureau, n'avait pas pris son jour de récupération. Alors que je songeais à informer les ressources humaines, j'ai été convoqué dans leur bureau.

Face à moi, le chef de service, gêné, a déclaré :

— Yoshitaka s'est plainte de harcèlement moral contre vous. Elle compte démissionner.

— Pardon ?!

— Elle affirme que vous vous êtes violemment énervé contre elle pour avoir renversé du correcteur liquide par mégarde et commis l'erreur de réécrire les chiffres. En larmes, elle a déclaré que vous étiez prêt à la frapper et que vous l'aviez effrayée. Que d'ordinaire, vous êtes calme, mais qu'en privé, vous étiez un autre homme.

C'est moi qui étais au bord des larmes. J'étais rongé de colère, de tristesse et d'un sentiment d'injustice. Elle aurait renversé du correcteur liquide ? Comment osait-elle dire ça ! Oui, je m'étais un peu énervé, mais de là à la frapper, c'était du grand n'importe quoi.

Elle ne disposait d'aucune preuve pour m'accuser. Mais moi, d'aucune pour m'innocenter.

— Pour le moment, je vais en référer à mon supérieur, a dit le chef de service, puis il a croisé les bras, sourcils froncés. En vérité, elle est la nièce du président. Tabuchi le savait, mais j'aurais dû vous en parler plus tôt.

À mon retour chez moi, Hina m'attendait et avait préparé le dîner. Dès le vendredi soir, nous passions toujours nos week-ends ensemble.

Le ragoût de bœuf devant moi n'arrivait même pas à me sortir de la tête l'incident survenu au bureau.

Mon lieu de travail m'ennuyait au plus haut point. Qu'est-ce que je faisais de ma vie ?

Allais-je poursuivre ainsi jusqu'à la retraite ? Dans un environnement qui ne me convenait pas, sans exaltation ?

Même à la maison, j'avais l'esprit accaparé par le travail. Et cela, depuis longtemps. Je ressassais des petits soucis relationnels ou un dossier quelconque. Ça revenait à travailler. J'étais dominé par un emploi qui ne me plaisait pas.

Malgré tout, je souffrais à l'idée que ma position dans l'entreprise soit compromise. Je m'agrippais à ce lieu que je détestais et je le préservais de toutes mes forces. Je l'avais toujours fait, et certainement, je continuerais à l'avenir.

— Ryô, ça n'a pas l'air d'aller ? a demandé Hina.

— Non, tout va bien, ai-je répondu pour sauver les apparences. Je suis juste débordé en ce moment. Avec le calcul des bonus, tout ça.

— Ah bon.

Elle a posé deux verres de vin sur la table. Puis elle a rapporté une petite bouteille.

— Dis, aujourd'hui, j'ai atteint l'objectif que je m'étais fixé pour un mois de vente sur ma boutique en ligne ! Quelqu'un a posté une super critique, et aussi…, a-t-elle raconté, tout enjouée.

Ainsi, elle ouvrait une bouteille, ravie d'avoir gagné un peu d'argent grâce à une activité qui la passionnait, sans collègues déplaisants, sans souci financier… Comme je serais comblé à sa place !

— … je suis heureuse d'avoir ma propre boutique, même si c'est sur Internet. Ryô, quand tu lanceras la tienne…

— Ce n'est pas si simple que ça !

Elle a sursauté que je lui coupe la parole. Je n'avais pas su me contrôler, pourtant conscient de passer mes nerfs sur elle.

— Je ne suis pas comme toi ! Je ne peux pas profiter de mon loisir avec tant d'insouciance. Si ta boutique en ligne coule, si tu ne vends rien, ça ne te causera pas la moindre difficulté !

— Ce n'est pas un loisir…, a-t-elle dit, laconique.

Mon cœur a cogné dans ma poitrine ; j'ai relevé la tête.

— Je ne profite pas de mon passe-temps avec insouciance, comme tu dis. Même si pour toi, ça y ressemble.

Ses propos m'ont refroidi. J'allais lui présenter mes excuses, quand elle s'est levée brusquement.

— Je rentre chez moi. Tu as l'air fatigué.

Les poings serrés, je n'ai pas pu bouger. La laissant partir, j'ai entendu la porte claquer dans mon dos.

C'était l'horreur…

Je ne savais plus quoi faire du week-end que je devais passer avec elle. Nous ne nous disputions quasiment jamais. Cela faisait longtemps que je ne m'étais pas retrouvé seul ainsi.

J'ai allumé la télévision et zappé à plusieurs reprises, mais les rires des programmes de divertissement étaient si assourdissants que j'ai éteint le poste. J'ai tendu la main vers la pile de livres à côté de mon lit.

Des questions essentielles sur le jardin…

Je m'y suis plongé pendant un temps. À mesure que j'avançais dans ma lecture, j'ai constaté que ce n'étaient réellement que des questions essentielles. Je me suis peu à peu détendu au contact du monde végétal, bien loin des relations humaines. Cela s'apparentait un peu aux sensations que j'avais en arrivant à Enmokuya.

Page après page, j'appréciais de plus en plus ce livre de questions-réponses. « Pourquoi les arbres sont-ils si grands ? Pourquoi le gazon supporte-t-il la tonte et pas les autres plantes ? Pourquoi certaines personnes parlent-elles aux plantes ? Est-il vrai que la fleur du tournesol suit le soleil ? »

Le papier était doux et blanc, pareil à du linge blanchi, et relié très étroitement, comme protégé par la couverture rigide. Les pages se déployaient bien, permettant de laisser le livre ouvert sur une table. Cet ouvrage délicat, à la texture agréable et au contenu simple, différait assez d'un guide de jardinage.

Le troisième chapitre s'intitulait « Sous le sol ». « Comment les vers travaillent-ils ? Où vont les racines ? Quel volume de la plante représentent ses racines ? »

J'étais très intrigué par ce qui résidait sous terre. Alors que j'examinais une illustration d'un arbre et de ses racines, séparés par une ligne horizontale symbolisant le sol, mon cerveau s'est soudain activé.

« Mais… Les humains vivent sur le sol, donc dans la majorité des cas, ils ne voient des plantes que leurs fleurs ou leurs fruits.

Si l'on pense aux patates douces ou aux carottes, les "racines" en terre tiennent le rôle principal. Alors que du point de vue de la plante, les deux parties maintiennent un équilibre et sont aussi indispensables l'une que l'autre.

Les humains ont la fâcheuse tendance à considérer que le monde fondamental est celui qui les arrange, alors que pour les plantes… les deux sont fondamentaux ! »

Suite à cette prise de conscience, je me suis souvenu de l'article sur la carrière parallèle.

Dans ce cas de figure, d'après Yasuhara, les deux emplois se complètent, sans rapport de dominance… de la même manière que chez les végétaux, le monde sur terre et le monde sous terre accomplissent chacun leur rôle et sont complémentaires…

Alors, j'étais peut-être capable moi aussi de trouver le moyen de cumuler deux activités !

Le lendemain après-midi, j'ai pris le train de Shibuya à Sangenjaya, puis la ligne Tôkyû Setagaya. Ensuite, je suis descendu en gare de Nishi-Taishidô, afin de visiter Cat's Now Books. La mi-décembre approchait, il neigeait à petits flocons.

Je suis sorti de la gare où aucun employé ne travaillait. Suivant l'itinéraire que j'avais mémorisé, je me suis promené dans le quartier résidentiel. Il n'y avait que des habitations. Croyant m'être trompé de chemin, j'ai ouvert une application GPS, mais en empruntant une route étroite, je suis tombé sur une maison blanche. Sous un avant-toit, une pancarte bleue portait le logo d'un chat roux. C'était là.

Un certain nombre d'albums jeunesse étaient exposés sur le bow-window. Tous avec un chat en couverture.

À l'ouverture de la porte, un air chaud m'a enveloppé et j'ai poussé un soupir de soulagement. Une jeune femme impeccablement vêtue, avec les cheveux coupés au carré, se tenait à la caisse. J'ai parcouru la boutique du regard : au fond, une autre pièce était accessible par une porte à treillis, à travers laquelle j'ai distingué la silhouette d'un homme en chemise bleue à carreaux.

C'était Yasuhara.

Les nouveautés étaient présentées à l'entrée et les occasions, au-delà de la porte à treillis. Stressé, j'ai exploré du regard les livres sur les étagères et, une fois apaisé, j'ai demandé à la caissière :

— Il est possible d'aller là-bas ?

À sa demande, je me suis déchaussé et désinfecté les mains, puis j'ai poussé la porte.

Il y avait… des chats.

Un tigré dormait sur un coussin. Exactement à l'image de celui en laine feutrée offert par Komachi. Un second chat tigré et un chat noir flânaient paisiblement entre les étagères.

— Bonjour ! m'a salué Yasuhara, en pleine discussion avec une cliente.

Il parlait d'une voix agréable, grave et bienveillante. Il avait le visage serein et paraissait plus cultivé que sur la photo.

Sur une table au centre de l'espace consacré aux livres d'occasion reposait une petite carte des boissons.

Comme j'avais l'intention de rester un peu, je l'ai lue trois fois avant de passer commande auprès de Yasuhara.

— Excusez-moi, pourrais-je avoir un café ?

— Bien sûr ! Vous le préférez chaud ?

J'ai acquiescé et Yasuhara a lancé un regard discret à la caissière à travers la porte à treillis. Elle est entrée et s'est dirigée vers la cuisine.

Un chat est passé près de mes pieds. J'ai supposé qu'il s'agissait d'un des deux tigrés, mais il avait le ventre et les pattes blancs en plus du dos à rayures. Je n'avais pas repéré cet énième chat. Ils étaient tous très à l'aise, très naturels.

Sirotant le café qui m'avait été servi, j'ai attrapé un livre en exposition. L'employée était retournée à la caisse. Je me suis dit qu'un moment de détente ici en compagnie des chats me suffisait : je pouvais rentrer chez moi.

Le chat, muni d'un collier orange, qui dormait tout à l'heure sur le coussin a bondi sans un bruit. Il s'est aussitôt assis, agitant la queue. Nos regards se sont croisés.

« Tu es venu jusqu'ici exprès pour savoir ce qui se trouve au-delà du rêve, non ? »

J'ai eu l'impression qu'il me parlait et cela m'a bouleversé.

Lorsque la cliente s'est dirigée vers la caisse avec un livre, j'ai posé ma tasse de café et, me levant, j'ai dit à Yasuhara :

— Excusez-moi…

Il s'est retourné.

— Je suis ici car j'ai lu un article dans lequel la bibliothécaire du centre social d'Hatori recommandait votre librairie.

— Ah ! s'est-il exclamé en riant. C'est vrai que Mme Komachi m'a présenté dans la gazette ! Merci pour votre visite.

— En fait, j'aimerais ouvrir un commerce, moi aussi.

Je comptais aborder le sujet en douceur mais, emporté par mon élan, j'avais annoncé la couleur de but en blanc.

Il aurait pu désapprouver une telle attitude de la part d'un néophyte, mais son visage respirait l'optimisme.

— Une librairie ?

— Non, un magasin d'antiquités.

— Ah bon, a-t-il acquiescé, l'air sincèrement intéressé.

— Sur Internet, j'ai lu plusieurs de vos interviews, ai-je dit, tendu. Je ne connaissais pas l'expression « carrière parallèle ». En semaine, vous êtes salarié, c'est bien ça ?

— En effet.

— Pouvez-vous m'en parler ? Je m'appelle Ryô Urase. Je suis comptable chez un fabricant de meubles.

— Avec grand plaisir ! D'autant qu'avec ce mauvais temps, les clients se font rares.

Il s'est installé sur un tabouret. D'un geste de la main, il m'a invité à m'asseoir à côté de lui, alors je me suis exécuté.

Par où commencer ? Les mots me sont sortis de la bouche de façon désordonnée :

— N'est-ce pas difficile de cumuler votre emploi avec la librairie ? Aucune de vos deux activités n'est pénible, à la longue ?

— Je ne crois pas, a-t-il répondu avec un petit rire. C'est bien parce que j'ai les deux que ni l'une ni l'autre ne le devient.

Le chat tigré s'est approché de lui et a grimpé sur ses genoux.

— Avant, je voulais abandonner le salariat, mais aujourd'hui, je crois que je profite de mon temps ici justement parce que j'ai continué. À l'inverse, si je n'avais que la librairie, devoir élaborer des techniques de vente contraires à mes principes m'aurait coûté, a-t-il dit en caressant le chat. Je pense que le travail garantit un rang dans la société. Une carrière parallèle, c'est en posséder un autre. Mais aucun n'est secondaire.

Un rang. Une identité, un rôle spécifique à chaque monde, sur terre et sous terre. Me remémorant la structure des plantes, j'ai demandé :

— Vous avez déclaré qu'il n'y avait pas de rapport de dominance, n'est-ce pas ?

— Tout à fait.

— Est-ce que vous gagnez autant dans vos deux activités ?

Ces paroles prononcées, j'ai eu honte d'avoir posé une question ayant trait à l'argent.

— Vous êtes direct ! a-t-il pouffé. Un « rapport de dominance », ce n'est pas dans ce sens-là. Pour être clair, la satisfaction que je ressens avec la librairie est plus morale que financière. Bien sûr, je souhaite augmenter les ventes pour la maintenir à flot.

J'ai cru percevoir la satisfaction intérieure d'agir par passion. Toutefois, si les deux activités étaient aussi capitales l'une que l'autre, cela impliquait un travail permanent, jour, nuit et week-ends.

Yasuhara ne devait songer ni au farniente, ni au repos, ni aux loisirs.

— Mais en cumulant les emplois de salarié et de chef d'entreprise, vous ne pouvez jamais partir en voyage ? ai-je dit en choisissant avec soin mes mots.

— C'est vrai, a-t-il concédé en hochant la tête, manifestement habitué à cette question. Mais les proches que je vois peu viennent me rendre visite. En plus, ici, je fais des rencontres intéressantes, comme si je voyageais tous les jours dans des lieux éclectiques. J'ai beau rester dans ma librairie, j'y fais des expériences fascinantes et j'y gagne plus que je ne l'aurais imaginé.

Sa réponse m'a ébranlé. Qu'avait-il vu, qui avait-il rencontré pour être aussi affirmatif ? Posséder son propre commerce créait-il des opportunités aussi extraordinaires ?

N'était-ce pas valable uniquement pour lui ? Yasuhara était intelligent, cultivé, il avait bon goût, des relations, une belle personnalité. Je ne pouvais pas devenir comme lui.

— Mais moi, je n'ai rien. Je n'ai pas l'argent, je n'ai pas le temps… ni le courage. Je souhaite concrétiser mon rêve un jour, mais je n'ai pas les outils pour me lancer.

Il a fixé le chat en silence. Il avait peut-être été choqué par ma négativité excessive.

Avec un doux sourire, il a soudain tourné la tête vers moi.

— À un moment donné, il faut arrêter de broyer du noir.

— Pardon… ?

— Il faut convertir cette absence de moyens en volonté.

« En volonté ? Celle de trouver l'argent, le temps… et le courage ? »

J'ai gardé ces pensées pour moi. C'est alors qu'il a lancé avec un rictus plein d'amertume :

— Que je hais les gens !

Cette aigreur était inattendue de la part d'un homme que je rencontrais pour la première fois. Lui qui s'adressait à moi avec tant de gentillesse, lui qui travaillait dans le commerce.

— Et pourtant, parfois, j'ai eu envie de les écouter. C'est étrange, mais me présenter en divers endroits m'a ouvert des portes et, par ricochet, j'ai tissé des liens.

Le chat tigré a sauté de ses genoux. Lentement, il s'est approché du chat noir et a collé sa tête contre la sienne, comme pour lui raconter quelque chose.

— Nous sommes tous connectés les uns aux autres. Il suffit d'un lien pour que notre réseau s'étende progressivement. Si vous attendez le bon moment pour le créer, ce jour peut ne jamais arriver. Montrez-vous ici et là, discutez avec des gens, jusqu'à en avoir vu suffisamment. Alors, il se pourrait bien que « un jour » se transforme en « demain ».

Puis, les yeux posés sur les chats, il a juste ajouté :

— L'important, c'est de ne pas laisser passer sa destinée.

La « destinée ».

Ce mot avait un poids écrasant dans la bouche de Yasuhara, que je croyais ancré dans la réalité.

— Aujourd'hui, vous réalisez votre rêve à travers l'accomplissement de votre projet, non ? ai-je répondu, les yeux pleins d'envie.

J'étais jaloux. Mais il a légèrement incliné la tête.

— Mon rêve, ce n'est pas ça.

— Vraiment ? Mais…

— Si mon unique objectif était de vivre entouré de chats, de livres et de bière, j'aurais pu l'atteindre sans ouvrir une librairie. Pour moi, tenir un commerce n'est pas une fin en soi, mais un point de départ. Quelque chose qui n'est pas chiffrable.

J'ai été abasourdi. Il évoluait dans un environnement enviable, mais réfléchissait déjà à la suite !

Son regard inspiré m'a en tout cas convaincu. C'était peut-être ça, ce qui se trouvait au-delà du rêve.

Il a croisé les mains sur la table.

— Ryô, pourquoi souhaitez-vous ouvrir un magasin ? Pourquoi un commerce, et pas seulement une collection personnelle d'antiquités ?

Cette grande question m'a embarrassé.

Mais elle me mènerait sur ma voie. En vérité, j'en connaissais certainement déjà la réponse.

— Je vais y réfléchir.

À mon insu, le chat blanc et tigré se frottait contre mes jambes. Je suis descendu du tabouret pour lui caresser la tête, et Yasuhara m'a demandé :

— Vous avez l'intention de vous lancer seul ?

J'ai été déconcerté.

Le visage de Hina m'est revenu en mémoire. J'aurais aimé qu'elle soit à mes côtés, mais...

— Seul, c'est très dur. Il vaut mieux avoir un allié à qui demander conseil et auprès de qui évacuer le négatif, que ce soit un membre de la famille ou un ami.

Sans partenaire qui comprenne toutes les difficultés psychologiques, c'est éreintant.

Yasuhara a porté son regard par-delà la porte à treillis, vers la caissière.

Et j'ai compris.

— C'est votre partenaire ?

— C'est ma femme, Misumi.

— Que vous a-t-elle dit quand vous avez lancé votre librairie ?

— Rien du tout..., a-t-il répondu tête baissée, avec un sourire paisible bien différent des expressions que je lui avais vues jusque-là. Elle m'a suivi sans dire un mot. Je lui en suis reconnaissant.

Le lendemain, je me suis rendu en solitaire au centre social d'Hatori pour rendre le livre emprunté à la bibliothèque. Mais ce n'était qu'un prétexte... Je voulais voir quelqu'un.

J'ai déposé le livre sur le comptoir de l'entrée. Nozomi l'a saisi.

Komachi était dans le coin Conseils au fond de la bibliothèque.

— Madame Komachi, hier, je suis allé à Cat's Now Books.

À ces mots, elle a entrouvert les yeux et m'a lancé un franc sourire, l'air satisfait.

— Les Yasuhara vous passent le bonjour.

— Ah ! Je connais Misumi depuis très longtemps. Nous étions collègues dans une autre bibliothèque. Elle va bien ?

— Oui. C'est un couple admirable, ai-je admis en sortant le chat en laine feutrée de mon sac. Vous m'avez incité à passer dans cette librairie, n'est-ce pas ? Je vous en remercie. Ça m'a convaincu d'agir… sans attendre « un jour ».

Elle a fait un petit « non » de la tête.

— Mais tu agis déjà !

Ses propos m'ont stupéfié. Elle a continué tranquillement :

— Je ne t'ai pas dit d'y aller. C'est toi qui as trouvé la librairie. Tu as pris la décision de toi-même et tu as rencontré Yasuhara de toi-même. Tu as déjà commencé à agir.

Elle a fait craquer son cou. Le chat dans ma main a paru s'éveiller.

J'avais une autre personne à voir.

J'ai quitté le centre social et je me suis dirigé vers le domicile de Hina. Enfonçant les mains dans mes poches de pantalon, j'ai tâté mon talisman, la petite cuillère au mouton que j'y avais glissée.

Ce matin, j'avais téléphoné à Hina avant de quitter mon appartement.

Je lui avais présenté mes excuses pour l'avant-veille. Apprenant que je désirais la voir et lui parler, elle m'avait proposé de passer chez elle. Ses parents étaient sortis.

À mon arrivée, j'ai pressé la sonnette. Elle m'a ouvert aussitôt.

— Entre !

Quand j'ai franchi la porte, elle a grimpé les escaliers. Je l'ai suivie jusqu'à l'étage.

Elle fabriquait des bijoux dans sa chambre. Sur son bureau étaient posés des outils et du verre poli.

— Excuse-moi pour avant-hier.

J'ai répété mot pour mot mes paroles du matin. Mon manque de vocabulaire m'a dépité. Elle a pouffé.

— Tu l'as déjà dit !

Sauvé par son sourire, j'ai extirpé de mon sac deux verres et une bouteille de vin. Celle qu'elle comptait déboucher l'autre soir.

Devant une Hina toute surprise, j'ai ouvert la bouteille, puis rempli les verres.

— Félicitations d'avoir atteint ton but !

Troublée, elle m'a remercié en rentrant la tête dans les épaules.

Nous avons trinqué. Dans les verres entrechoqués, le vin a été ballotté comme s'il était parcouru de vagues.

— Hina, tu es incroyable. Tu as atteint ton objectif, mais surtout, tu t'es frayé ton propre chemin.

Elle a émis un petit rire avant de ramasser d'une main le verre poli éparpillé sur son bureau.

— On dit que le destinataire d'un objet fait main est déterminé dès sa fabrication. C'est une théorie un peu mystique, mais je crois que je comprends.

— Oui…

— Alors je crée chaque bijou en pensant à la personne qui le portera. Je ne connais pas concrètement son visage, mais c'est comme si j'entrais en contact avec son avenir en espérant que ma création lui parvienne. Je suis heureuse à l'idée que ce verre poli, qui a voyagé pendant si longtemps, arrive là où il le doit par mon intermédiaire.

Je comprenais parfaitement son propos.

J'avais le même ressenti pour le trésor enfoui dans la poche de mon pantalon. Enmokuya avait fermé, mais je conservais cette cuillère.

Lorsque je l'avais découverte, j'avais pensé :

« Peut-être que la cuillère accompagnait la tasse de thé d'une noble dame pour l'*afternoon tea*. Peut-être qu'une douce mère de famille la portait à la bouche de son petit garçon. Peut-être qu'il en avait toujours pris grand soin, même une fois adulte. Ou alors, peut-être qu'elle était convoitée par trois sœurs qui se la disputaient. Ou alors... »

Peut-être que je l'avais utilisée autrefois, dans les années 1900.

Peut-être qu'elle m'était revenue, après être passée de main en main. Ma cuillère, retrouvée grâce à Enmokuya.

Je voulais remettre aux gens des objets qui avaient traversé le temps, passant de génération en génération. Des objets qui devaient retrouver leur propriétaire. Des objets appartenant à quelqu'un, à un moment précis.

Je voulais être un intermédiaire. Je voulais créer un lieu qui permette à chacun une rencontre, une prise en main.

Voilà quelle était ma motivation principale pour ouvrir un magasin.

— J'ai une chose à te montrer.

J'ai sorti de mon sac un dossier plat et je l'ai ouvert devant Hina.

C'était le budget que j'avais conçu seul, la veille au soir, pour la création et la gestion d'un magasin d'antiquités.

J'avais fait une estimation des fonds nécessaires pour l'ouverture : achat des biens, travaux d'aménagement, installation de la climatisation, ameublement et équipement… J'y avais ajouté le loyer, l'électricité, le chauffage, les consommables et les stocks, soit les frais occasionnés une fois le commerce ouvert. Ainsi que la recette journalière nécessaire pour le garder. Ce projet, je l'avais établi à ma façon, après une intense réflexion.

— Je vais préparer l'ouverture de mon magasin. Je ne démissionnerai pas. Je serai à la fois gérant et salarié.

Hina a porté les mains à sa bouche, le regard lumineux.

— C'est formidable ! Ryô, tu es trop fort de te lancer là-dedans !

« Tu… tu veux bien m'aider ? »

J'ai ravalé ces mots qui pour moi équivalaient à une demande en mariage.

Nous unir avant le lancement de la boutique, dont nous ignorions l'issue, risquait de causer des ennuis à Hina. C'était même une certitude.

Ma demande, je la ferais un jour, quand mes deux carrières seraient solides, et le moment venu…

Ah, j'avais encore pensé « un jour »… Mon cœur s'est serré. Vraiment, j'étais bien différent de Yasuhara. Je ne serais jamais homme à demander à Hina de me prêter main-forte.

Ignorant mon découragement, elle a déclaré avec légèreté :

— Ryô, on devrait se marier au plus vite.

— Quoi ?

Du fait qu'elle fasse sa demande, c'était moi, le froussard qui rechignait. Je me suis souvenu d'Ebigawa, qui avait eu affaire à la police, et j'ai dit maladroitement :

— Mais si ça se passe mal et que je fais faillite…

— Et alors ? Où est le problème ?

Sa réponse m'a sidéré.

En effet, il n'y avait aucun problème. Ebigawa avait été recherché par la police parce qu'il s'était volatilisé sans rembourser ses dettes, non parce qu'il avait fait faillite.

— Même si ton commerce ferme, il n'y a pas mort d'homme. Tu as juste peur d'être pris pour un raté. Laisse tomber ce genre de fierté ridicule. À nous deux, ça marchera mieux que si tu embauches quelqu'un.

À nous deux… Elle ne « m'aiderait » pas, nous le ferions « à deux ».

J'ai repris courage.

Yasuhara avait sûrement vécu la même chose. Que Misumi l'ait « suivi » signifiait qu'ils avaient uni leurs forces. Il avait bien dit qu'elle était sa « partenaire ».

Un système sans rapport de dominance, où les deux activités sont aussi importantes l'une que l'autre. À l'image d'un couple, je crois.

Hina, en pleine réflexion, a regardé dans le vide.

— Le jour venu, on aura énormément de choses à penser. Déjà, tu devras aller au commissariat.

— Pourquoi ?

— Pour faire la demande d'autorisation afin d'être antiquaire.

J'avais oublié cet élément. J'ai lâché un rire. Quel que soit le chemin, je devais traiter avec la police.

Hina a posé le doigt sur son menton, pensive.

— Il faudra lancer un *crowdfunding*.

Ce mot figurait aussi dans l'interview de Yasuhara. C'était un dispositif de demande d'aide en ligne en vue de rassembler des fonds pour bâtir un projet.

Que Hina émette une telle idée m'a un peu intimidé, alors j'ai protesté, morose :

— Je ne crois pas qu'un débutant puisse le faire si facilement.

— Au contraire, le *crowdfunding*, c'est pour les débutants ! a-t-elle objecté.

Elle s'est penchée vers moi et m'a demandé :

— Dis, sur quoi repose le monde, à ton avis ?

— Euh... Je dirais... sur l'amour, entre autres choses ?

— Hein ? s'est-elle écriée, les yeux ronds comme des billes. Je ne m'attendais pas à cette réponse de ta part ! Mais c'est ce que j'aime chez toi !

Pliée de rire, elle a ajouté d'un ton moralisateur :

— Moi, je pense que c'est la confiance.

— La confiance ?

— Oui. Emprunter de l'argent à la banque, demander et se voir confier du travail, organiser un rendez-vous avec des amis, dîner au restaurant : tout repose sur la confiance mutuelle.

Elle avait parlé d'un trait. J'étais impressionné.

Je découvrais une Hina plus ouverte que moi à la recherche d'informations, réfléchissant beaucoup et se documentant consciencieusement. Quelle surprise de la voir si entreprenante !

Non, en réalité... c'était juste moi qui faisais l'autruche.

Elle suivait des cours d'informatique pour ouvrir sa propre boutique en ligne.

Elle avait questionné Mogi de manière proactive. Je le savais très bien. Pour elle, il n'y avait pas de « rêve vague et déconnecté du monde réel », mais une réalité tangible. C'était ma « fierté ridicule », parce que j'étais un homme de dix ans son aîné, qui me faisait détourner le regard.

— Envisager un *crowdfunding* dans le seul but de rassembler de l'argent est un pari risqué, car tu ne sais pas à l'avance si tu vas en obtenir assez pour lancer ton affaire. C'est surtout un excellent outil de publicité. Raconte ton projet avec passion et les gens te feront confiance. Une personne sans expérience qui s'exprime à cœur ouvert les touchera, j'en suis certaine. À l'ouverture de ton magasin, ceux qui auront participé financièrement seront ravis de te rendre visite.

Ses paroles m'ont transporté.

Vu de l'extérieur, ça paraissait utopique, mais nous deux, au sein de ce rêve, nous étions bien réels.

— J'ai hâte ! ai-je dit en pressant la main sur ma poitrine, et Hina, joyeuse, a attrapé mon bras.

— Voilà, c'est ça ! Et je suis sûre que les choix faits grâce à cet enthousiasme seront plus justes que ceux qui reposent sur la raison.

Une fiole posée sur le coin de son bureau a soudain attiré mon regard. Je me suis souvenu des paroles de Yasuhara :

« L'important, c'est de ne pas laisser passer sa destinée. »

Dans cette fiole précieusement conservée reposait le fragment de verre poli rouge.

Celui que j'avais ramassé et offert à Hina le jour de notre rencontre à la mer, avant qu'on se revoie au palais des congrès.

Tout se passerait bien, car moi aussi, j'en étais capable. Cette forte certitude m'a revigoré.

Oui ! Parce que ce jour-là...

Je n'avais pas laissé passer ma destinée.

En début de semaine, une convocation dans le bureau du président m'attendait.

J'aurais droit à une baisse de salaire, une rétrogradation, ou pire, à un limogeage. La perte de mon emploi au moment de m'attaquer à une carrière parallèle, ce n'était pas drôle du tout.

Mais après m'avoir fait entrer dans son bureau, le président s'est confondu en excuses :

— Miya vous a causé bien des problèmes. J'en suis désolé.

Il parlait de Yoshitaka.

— Le service des ressources humaines m'a averti vendredi. Au cours de ma discussion avec elle, Miya a réitéré les mêmes propos, mais samedi, j'ai rencontré Tabuchi lors de ma séance de golf.

— Tous les deux, vous...

— Quand je lui ai touché mot de cette affaire, il s'est emporté, affirmant que vous ne pouviez en aucun cas avoir agi de la sorte. Il a précisé qu'il n'y avait pas homme plus honnête et digne de confiance que vous, même dans les autres services.

J'étais ébahi. Tabuchi avait dit ça ! Sachant que Yoshitaka était la nièce du président !

— Cela m'a étonné. Je le connais depuis fort longtemps et c'était la première fois que je le voyais réagir ainsi. Alors je me suis à nouveau entretenu avec Miya, en toute franchise. Elle a reconnu sa faute.

Hina avait raison.

Le président avait confiance en Tabuchi, qui avait confiance en moi... Le monde reposait réellement sur la confiance.

Yoshitaka a pris un jour de congé et le lendemain, elle est apparue au travail comme si de rien n'était.

Puis elle est venue jusqu'à moi et a lâché un simple :

— Je suis désolée.

La voyant ainsi, impassible, sans me regarder dans les yeux et la tête profondément baissée, j'ai répondu :

— D'accord.

Et cette histoire s'est terminée ainsi.

Dès qu'elle s'est absentée pour remplir une mission, Tabuchi m'a dit :

— Urase, tu lui as pardonné trop facilement ! Je suis persuadé qu'en son for intérieur, elle se paie ta tête !

J'ai souri.

— Non. Elle aurait pu donner sa démission, mais elle est venue au bureau, sans fuir, donc je pense qu'elle regrette. Alors à l'avenir, je lui ferai confiance.

— Ah bon, a-t-il dit, dubitatif.

Je lui ai tendu trois feuilles de papier.

— Voici un guide pour le nouveau logiciel. J'ai résumé les éléments qui pourraient vous poser problème.

— Vraiment ? Extra ! Merci beaucoup !

Il a regardé le guide que j'avais rédigé d'un air admiratif. Désormais, il ne s'interromprait plus dans son travail et ne me rabâcherait plus les mêmes questions.

— Soyons efficaces ensemble !

D'abord, je réorganiserais ma méthode de travail en tant que salarié. Je ne ferais plus d'heures supplémentaires inutiles. C'était l'un des éléments clés pour envisager ma carrière parallèle.

— Dis donc, Urase, ton visage a changé ! a plaisanté Tabuchi. Je suis de bonne humeur, ça te dit d'aller boire un verre après le boulot ?

— Non, aujourd'hui je rentre à l'heure.

Ce soir, j'avais rendez-vous avec Nasuda. Dorénavant, il m'expliquerait par étapes ce qu'il me fallait savoir sur les meilleurs emplacements pour établir mon commerce, la situation de l'immobilier, l'aménagement intérieur…

Par ailleurs, Hina était toujours en contact avec Mogi. Apparemment, il lui avait proposé de lui présenter le processus de vente des minéraux.

Nous agissions comme si nous suivions des fils invisibles qui étaient liés l'un à l'autre.

J'avais une montagne de tâches à faire, mais j'arrêterais d'invoquer le manque de temps comme excuse.

Je me concentrerais plutôt sur ce que je pouvais effectuer dans le temps qui m'était imparti.

Je transformerais « un jour » en « demain ».

Le mouton gravé sur le manche de la cuillère s'est élancé en moi.

La librairie Cat's Now Books mentionnée dans ce chapitre fait référence à une librairie tokyoïte, Cat's Meow Books. La librairie, effectivement située dans le quartier de Sangenjaya, est gérée par un dénommé Yasumura dont on trouve de nombreuses photos sur lesquelles il pose avec un chat dans les bras devant des étagères. Le site officiel de la librairie précise, non sans humour, que les chats recueillis sont « embauchés en tant qu'employés » et qu'en contrepartie, 10 % des recettes sont reversées à une association de protection des chats. *(N.d.T.)*

Chapitre 3

Natsumi, 40 ans, ex-membre du service éditorial d'un magazine

« Si le père Noël reste un personnage emblématique de Noël, alors même que dans notre enfance, nous avons tous appris qu'il "n'existait pas", ce n'est pas parce que les enfants y croient. C'est parce que les adultes, qui furent des enfants autrefois, ressentent qu'il est réel et vit dans leur cœur. »

Combien de fois avais-je relu ce livre ?

Sous le couvre-livre, la couverture était d'un blanc uni. Je l'aimais beaucoup. Je considérais cet ouvrage comme un porte-bonheur et je l'emmenais parfois lors de mes promenades. Mes Post-it multicolores en dépassaient, tranchant avec la blancheur de la couverture.

Ce matin, j'ai effeuillé le calendrier. Nous étions en décembre. Qu'allais-je offrir à ma fille Futaba pour Noël ? Je trouvais amusant de me mettre à la place du père Noël, d'avoir ses problèmes.

Soudain, j'ai regardé par la fenêtre.

« Trois mois se sont écoulés depuis l'été », ai-je pensé en sentant les rayons du soleil d'hiver.

En ce midi de fin d'année, le ciel était bleu. J'ai aperçu le pâle premier quartier de lune.

⁂

Août

Les vacances d'été terminées, toute l'entreprise avait repris son rythme habituel.

J'étais employée au service documentation d'une maison d'édition du nom de Banyûsha. Je gérais les parutions, j'effectuais des recherches pour mes collègues, je passais des commandes. Une des missions de ce service portait aussi sur la communication externe, à travers la réalisation de documents rédigés par nos soins.

En dehors de moi, il comptait cinq hommes d'âge moyen, si taciturnes que deux ans après ma mutation, je ne me sentais toujours pas à ma place.

Auparavant, j'étais membre du service éditorial de *Mila*, magazine ciblant principalement les jeunes femmes d'une vingtaine d'années.

Durant quinze ans, j'avais œuvré avec zèle pour cette entreprise. Puis j'étais tombée enceinte, un événement soudain, mais pas un accident. Je désirais cette grossesse. J'avais conscience d'avoir 37 ans, mais j'estimais les risques et les conséquences physiques et professionnels limités si j'accouchais vite et si je reprenais le travail au plus tôt.

Je ne pouvais pas nier que j'en avais trop fait. J'avais dissimulé ma grossesse jusqu'au cinquième mois, hormis à mon patron, le rédacteur en chef de *Mila*. Je ne voulais pas attirer l'attention sur moi. J'avais supporté les nausées discrètement, j'avais déjoué la somnolence, due aux hormones, par des quantités astronomiques de chewing-gums à la menthe.

Quand il m'était devenu impossible de cacher mon ventre, j'avais annoncé ma grossesse à tous mes collègues, et m'étais ingéniée pour qu'elle ne soit pas un frein au travail d'équipe.

J'étais restée au bureau jusqu'au huitième mois et j'avais accouché au Nouvel An. En cas de naissance en janvier, il est permis de prendre un an et quatre mois de congé maternité. Mais moi, j'avais décidé de revenir au bout de quatre mois. J'avais hésité à déposer à la crèche ma fille Futaba, seulement âgée de trois mois, mais je devais reprendre mon poste au plus vite.

Bien entendu, à mon retour, j'étais allée directement au service éditorial de *Mila*.

Après ma longue absence, une collègue m'avait dit en riant, mal à l'aise :

— Ça fait un bail !

J'étais encore étonnée de sa froideur lorsque mon patron m'avait convoquée en salle de réunion :

— Sakitani, vous avez un instant ?

Brutalement, il m'avait annoncé ma mutation au service documentation.

— Pourquoi ? avais-je demandé, la voix tremblante.

— Il est compliqué de travailler au service éditorial en élevant un enfant, avait-il répondu d'un air insouciant.

— Mais…

J'avais été submergée de colère et d'interrogations.

Pourquoi ? Pourquoi ? Pourquoi ? Durant mon congé maternité, j'avais lu *Mila* à fond chaque mois, je m'étais documentée, j'avais réfléchi à des projets, et ce avec la ferme intention de revenir, de rattraper mon retard et d'être opérationnelle dès ma reprise.

Tout ce que j'avais bâti durant treize ans à *Mila* ne représentait donc rien ? N'avais-je rien apporté, au point qu'on ne puisse pas m'attendre ? Jamais je n'aurais imaginé perdre mon poste.

— Les ressources humaines ont pensé à vous en adaptant vos horaires, vous savez. Désormais, vous travaillerez de 9 heures à 17 heures.

À ces mots censés me consoler, j'avais répliqué d'une traite :

— Je peux tout à fait gérer à la fois mon travail et mon enfant ! Avec mon mari, nous nous en occuperons à deux, et pour les heures supplémentaires et les réunions du soir, nous avons trouvé des nourrices qui…

Agacé, il m'avait coupé la parole :

— C'est déjà acté. Et inutile de vous surmener. Au service documentation, ce sera plus simple pour vous.

C'était la première fois que j'éprouvais une réelle déception. Sans doute était-ce une bonne décision pour l'entreprise, mais moi, je n'avais pas envie de me faciliter la vie. Je me sentais au bord du précipice, j'avais l'impression que je ne valais plus rien.

J'étais la seule mère de famille chez Banyûsha. Il n'y avait pas de précédent. Me voir comme une pionnière en la matière était trop optimiste de ma part.

Durant deux années, j'avais souvent songé à postuler au service éditorial d'un autre magazine. Mais le partage des tâches avec mon mari se passait très mal et prendre soin de ma fille était une suite constante d'imprévus. Contrairement à mes espérances, je n'avais pas de temps libre et il m'était difficile de prévoir quoi que ce soit. Je devais reconnaître que reprendre mon poste au sein d'un service éditorial, qui exigeait du travail d'équipe dans un planning serré, serait délicat. Il me fallait refouler mon impatience au service documentation et tenir bon jusqu'à ce que mon enfant grandisse.

La pendule indiquait 17 heures passées. Sans un bruit, j'ai mis mon sac à main sur mon épaule, j'ai quitté mon bureau discrètement et je suis sortie dans le couloir. Mes collègues étaient concentrés, tête baissée. Même si je n'enfreignais aucune règle, j'avais mauvaise conscience de partir à l'heure.

Ma fille n'avait pas eu de place dans la crèche la plus proche de chez moi. J'avais réussi à en trouver une à quelques minutes à pied de la gare suivante, juste à temps pour la fin de mon congé maternité. Mais ça m'éloignait de mon travail. En partant du bureau à 17 heures, si je ratais un seul train, je manquais aussi ma correspondance et j'étais en retard. Dans ces moments-là, j'avais le cœur brisé de voir que Futaba était la dernière enfant à attendre sa mère.

Il me fallait sept minutes pour rejoindre la gare au petit trot. Les trois premières, j'étais désolée pour mes collègues restés au bureau. Les quatre suivantes, j'étais désolée pour Futaba qui espérait ma venue. M'excusant auprès de tous par la pensée, j'arrivais au guichet.

Ce soir, mon mari Shûji rentrerait tard, comme toujours. Ballottée par le train, je regardais distraitement par la fenêtre ; la lumière du jour éclairait encore la ville.

La veille, vendredi, Shûji m'avait prévenue qu'il partirait en voyage d'affaires le week-end suivant. Il accumulait plus d'heures supplémentaires et de voyages d'affaires pour son entreprise spécialisée dans l'événementiel qu'avant ma grossesse. Peut-être était-ce réellement un déplacement de dernière minute, mais il aurait quand même pu m'en parler plus tôt.

Mon quotidien croulait sous les petites corvées. Rien que pour la crèche, je devais non seulement emmener et aller chercher ma fille, mais aussi remplir son carnet de liaison, préparer ses affaires, participer à l'organisation des fêtes. Et tout ce que je n'avais pas eu le temps d'effectuer en semaine m'attendait le week-end : aérer les futons, décrasser la baignoire, vérifier le contenu du réfrigérateur.

À vrai dire, ce n'était pas indispensable. Si Shûji s'absentait, peu importait l'état de la baignoire et les repas faits avec ce qui me tombait sous la main.

En revanche, j'étais contrariée que me reviennent le ménage et les soins à Futaba, tâches qui auraient dû être accomplies à deux le week-end.

Shûji était un père très aimant. Il ne rechignait pas à changer les couches, il avait cherché des recettes à la période de la diversification alimentaire et les avait concoctées. Surtout, ses gestes envers Futaba étaient tendres et pleins d'amour. Au moindre souci, sa présence m'apaisait. Car être constamment seule avec un enfant en bas âge à ne pas quitter des yeux me rendait nerveuse, je me sentais coincée.

Moi aussi, je trouvais Futaba adorable. Vraiment. Mais ce sentiment et l'enfermement parental étaient deux choses bien distinctes.

Aujourd'hui, Shûji partait de bonne heure. Je l'ai accompagné jusqu'à la porte, et alors que je m'apprêtais à me recoucher, Futaba s'est réveillée. Pour une raison inconnue, elle s'éveillait toujours facilement les jours de congé.

Le petit déjeuner avalé, elle a joué avec ses peluches après les avoir toutes sorties du coffre à jouets. Entre-temps, j'ai étendu le linge sur le balcon.

Les draps de Futaba prenaient tant de place que j'ai dû pousser les cintres pour les étaler sur la barre du séchoir.

Quand j'allais la chercher le vendredi soir, je retirais du futon les draps à fermeture Éclair imposés par la crèche, pour les remettre en place le lundi matin. C'était fastidieux chaque début de semaine. J'en avais parlé à Shûji, qui s'était contenté d'un « Ah bon ».

Le souvenir de son manque d'intérêt et de compréhension m'a déprimée.

De retour dans le salon, j'ai trouvé ma fille collée à la télévision devant un dessin animé. Ses jouets étaient éparpillés sur le sol.

— Futaba, si tu ne joues plus, range tes affaires.

— Nan !

— Sinon, je vais les jeter à la poubelle.

— Nan ! Les zette pas !

— Alors range-les.

— Nan !

Elle traversait la période du « non », phase typique des enfants de 2 ans. J'avais lu dans un livre éducatif que c'était un passage nécessaire du processus de croissance, qu'il fallait assister l'enfant avec sérénité, sans le gronder. Mais je commençais à perdre patience. Alors, enjambant les jouets, je suis allée dans la cuisine afin de retrouver mon calme.

J'ai lavé la gourde de Futaba restée dans l'évier depuis la veille au soir. Elle était salissante et pénible à nettoyer à cause de la paille qui s'éjectait à l'ouverture du bouchon. J'ai retiré le joint couvert de taches de thé et je l'ai laissé tremper dans de l'eau de Javel pour le désinfecter. C'était l'une de mes corvées. Étonnamment, les petites besognes prenaient du temps. J'avais beau être en week-end, impossible de m'accorder une minute.

Du temps. Du temps libre. J'en aurais acheté si j'avais pu.

J'ai poussé un soupir. Je n'étais peut-être pas faite pour être mère. Je m'étais estimée capable de me débrouiller mieux que ça. Deux jours dans une pièce avec Futaba, c'était long.

Pourquoi ne pas aller au parc ? Avec un peu de chance, il serait presque désert. Les regroupements de mamans m'intimidaient tellement que souvent, nous nous cantonnions à une promenade autour du parc. Ce n'était pas l'idéal.

Où pouvais-je passer une heure ou deux avec ma fille, à moindres frais ? L'aquarium et le zoo coûtaient cher ; la bibliothèque de l'arrondissement nécessitait de prendre le bus, et en plus, elle était mal desservie.

Soudain, je me suis souvenue que la directrice de la crèche avait parlé d'un « coin Enfants à la bibliothèque du centre social » un soir où j'étais allée chercher Futaba.

Ce centre social semblait rattaché à l'école primaire où Futaba irait un jour. J'avais eu cette information au moment de partir, si bien que je n'y avais pas prêté attention, mais une brève recherche sur mon smartphone m'a appris qu'il s'agissait d'une structure parfaitement correcte. Il y avait des salles de réunion, des pièces à la japonaise et aussi des cours pour adultes. C'était à dix minutes de marche. Cela nous ferait une petite balade et nous permettrait de voir à quoi ressemblait l'école, même si c'était un peu prématuré.

— Futaba, on sort ?

Accroupie devant le poste de télévision, elle s'est dressée d'un coup sur ses jambes. Cette fois, elle ne semblait pas dire non.

J'ai pris la main de Futaba, qui a sauté sur le trottoir. Coiffée d'un chapeau de paille, elle a dodeliné de la tête.

— Moi, a mis mes *saussettes* !

Je n'ai pas pu retenir un sourire devant sa petite bouille réjouie levée vers moi. Des *saussettes*. Elle parlait de ses chaussettes préférées, au motif de chats. Ce genre de réaction était vraiment craquant.

Nous avons longé le mur d'enceinte de l'école, et à l'angle, un panneau fléché signalait : « Le centre social est par ici ». C'était un bâtiment blanc à l'entrée d'une ruelle. À l'accueil, j'ai écrit mon nom, le motif de ma présence et mon heure d'arrivée, puis nous sommes entrées. La bibliothèque se trouvait au bout du rez-de-chaussée.

Le coin Enfants était au fond à droite. Il était délimité par des étagères basses et protégé par un revêtement de sol en mousse. Il y avait aussi une petite table aux coins arrondis. On ne pénétrait dans cet espace qu'une fois déchaussé.

Aucun autre visiteur en vue. Soulagée, j'ai retiré mes chaussures et celles de ma fille, puis je me suis assise.

Entourée d'albums, je me suis détendue. J'ai saisi plusieurs livres sur lesquels j'avais posé le regard.

J'ai vérifié les éditeurs par habitude : Le Bruit du ciel, les éditions de l'Érable, La Nébuleuse. Les noms des maisons d'édition de livres pour enfants avaient une consonance agréable à l'oreille.

Futaba, tout à l'heure si heureuse de porter ses chaussettes, les a enlevées.

— Tu as chaud aux pieds ?

— Pieds nus ! Jéloppe pieds nus !

— Jéloppe ?

Dans l'ensemble, je la comprenais bien, mais parfois, le sens de ses paroles m'échappait. J'ai roulé ses chaussettes en boule et les ai glissées dans mon sac à langer. Futaba a tourné en rond devant les étagères.

De l'autre côté a surgi le visage d'une jeune fille avec une queue-de-cheval.

— Elle parle peut-être de Gélob ?

En tablier bleu marine, elle tenait plusieurs livres dans les mains. Elle devait appartenir au personnel de la bibliothèque. D'après le badge autour de son cou, elle s'appelait Nozomi Morinaga.

— *Gélob aux pieds nus* est une série de livres sur un mille-pattes très appréciée, a-t-elle ajouté, un doux sourire aux lèvres.

— Un mille-pattes ?

Avec un rire discret, Nozomi a ôté ses chaussures et nous a rejointes dans l'espace enfants. Elle a déposé ses livres sur la petite table, puis, habilement, elle en a attrapé un autre rangé sur une étagère et l'a donné à Futaba.

— Jéloppe !

Tout excitée, ma fille s'est jetée sur l'album. Elle avait dû en entendre parler à la crèche. Elle a ouvert le livre, laissant apparaître le dessin d'un mille-pattes enfilant péniblement ses chaussures. La moitié des innombrables pattes était nue, l'autre moitié portait des chaussures diverses et variées. Devant ce dessin loin d'être mignon et aux proportions étrangement difformes, Nozomi a précisé :

— Son nom, Gélob, rebute les adultes, mais les enfants l'aiment bien. Il y a aussi une mouche et un cafard, et c'est une bonne idée de les avoir représentés sous un aspect positif. Ce superbe album est écrit du point de vue de l'enfant, sans idée préconçue sur les insectes considérés comme nuisibles.

J'ai été éblouie par son excellente connaissance des livres. J'ai hoché la tête, admirative.

— Je peux l'emprunter ?

— Oui, si vous habitez dans l'arrondissement. Et si vous cherchez un autre ouvrage, n'hésitez pas à vous renseigner auprès de la bibliothécaire, là-bas.

Elle a tendu le bras vers le côté opposé de la pièce. Je visualisais mal ce qu'elle désignait à cause d'une cloison, mais une plaque « Conseils » était suspendue au plafond.

— Je pensais que vous étiez la bibliothécaire !

— Non, je suis encore en apprentissage. J'ai fini le lycée, et il faut trois ans d'expérience pour devenir bibliothécaire. Je n'en suis qu'à ma première année alors je dois encore m'accrocher, a-t-elle expliqué, ses grands yeux pleins d'espoir.

Elle était si jeune que j'ai failli en avoir le vertige. Voir un tel courage et une telle volonté d'accumuler de l'expérience pour atteindre la profession de ses rêves m'a réconfortée.

Je me suis souvenue que, moi aussi, j'avais eu un rêve et que j'avais persévéré dans ma recherche d'emploi.

Je voulais rejoindre une maison d'édition, je voulais concevoir des livres. Comme j'adorais le magazine *Mila*, j'avais été enchantée lors de ma prise de poste.

Cinq ans plus tôt, j'avais réussi à obtenir la parution en feuilleton d'un roman de Mizue Kanata, âgée de 70 ans à l'époque. D'après mon patron, ses écrits étaient inappropriés à un magazine destiné aux jeunes femmes. Il avait aussi rejeté ma proposition parce qu'un roman ne convenait pas à notre périodique, contrairement aux textes courts.

Moi, j'étais persuadée que les mots de Mizue pouvaient émouvoir les jeunes lectrices. Jusque-là, elle avait écrit des romans historiques et de la littérature classique, mais je savais que ses messages positifs et puissants résonneraient chez les femmes d'une vingtaine d'années. Si on adaptait les bases romanesques et le style d'écriture aux lectrices de *Mila*, celles-ci, désireuses de lire la suite de l'histoire, se précipiteraient tous les mois en kiosque pour acheter le magazine.

Quand j'ai négocié avec le directeur, il m'a ri au nez :

— Essayez de convaincre l'autrice, déjà !

Son objection était différente de celle de mon patron. Selon lui, une grande écrivaine n'accepterait jamais d'écrire pour un magazine féminin tel que *Mila*.

Alors j'ai lancé un plan d'attaque pour convaincre Mizue. La première fois, elle a refusé. Elle a prétexté qu'une parution en feuilleton mensuel était trop laborieuse.

Je lui ai redemandé, inlassablement. Je l'ai implorée, affirmant que je voulais transmettre la force et l'espoir contenus dans ses romans aux jeunes femmes qui s'échinaient au quotidien. Je lui ai promis tout mon soutien.

À ma cinquième tentative, elle a enfin accepté. Elle était curieuse de voir quelle histoire naîtrait d'une collaboration avec moi.

Son roman-feuilleton, *Le Platane rose*, sur une relation entre deux jeunes femmes très différentes, ni amies ni rivales, a aussitôt figuré en pages principales de *Mila*. La hausse des ventes qui en a résulté était clairement à mettre sur le compte de la publication en feuilleton. Après un an et demi de parutions encensées par la critique, nous avons décidé d'en faire un livre. Banyûsha n'ayant pas de service littéraire, la compilation en un ouvrage et la promotion auprès des libraires étaient de mon ressort. Comme je gérais en même temps l'édition de *Mila*, cette période a été la plus chargée de ma carrière, mais chaque jour était un pur bonheur.

Par la suite, le roman a remporté le prix Bookshelf, grand prix littéraire annuel. Évidemment, mon entreprise était aux anges. Que Banyûsha, spécialisée dans les magazines, baigne ainsi dans la lumière du monde littéraire était exceptionnel. Lorsque j'ai croisé le directeur dans un couloir, il m'a annoncé officieusement ma promotion en tant qu'éditrice adjointe de *Mila*.

Puis je suis tombée enceinte. J'avoue que j'étais anxieuse à l'idée de partir en congé maternité. Mais j'étais fière de cette belle réalisation avec l'entreprise. J'adorais mon emploi, j'avais bâti une relation de confiance avec Mizue, alors je comptais donner encore plus de ma personne à mon retour. Pour moi, ce travail d'éditrice était la cristallisation de tous mes efforts.

Mais voilà.

On me l'avait pris des mains. Mon expérience et ma persévérance n'avaient pas du tout été reconnues.

Si j'avais su que je ne reprendrais pas mon poste, j'aurais passé plus de temps avec Futaba pendant mon congé au lieu d'être obsédée par mon travail. Durant ses siestes – un temps précieux –, j'aurais pu me reposer avec elle, regarder des séries coréennes, me consacrer à mes loisirs, plutôt que de gaspiller mon énergie dans l'élaboration de projets ou la recherche d'informations.

Rien de ce que j'entreprenais ne m'apportait de satisfaction et j'avais les mains liées, j'étais noyée par le quotidien.

Que faire dorénavant ? Qu'aurais-je dû faire par le passé ? Mes réflexions tournaient en boucle. Emprisonnée dans un labyrinthe, je n'arrivais à rien d'autre qu'à me plaindre.

Je me suis assise par terre et j'ai interrogé Futaba, qui tenait le livre ouvert :

— Ça te dit qu'on aille demander des livres amusants ?

Elle m'avait forcément entendue, mais n'a rien répondu, pas même « non ». Elle fixait le mille-pattes.

— Je vais la surveiller, allez-y, a proposé Nozomi.

— Mais...

— Il n'y a personne d'autre, ne vous en faites pas.

J'ai accepté et enfilé mes chaussures. Emprunter quelques bons albums me permettrait plus ou moins de surmonter le week-end.

J'ai dépassé la cloison servant aussi de panneau d'affichage et, au premier regard, je me suis figée.

Une grande dame, toute blanche, était assise à son bureau. J'ignorais quel âge lui donner, mais sûrement la cinquantaine. Son chemisier blanc à manches longues était si large qu'il devait être introuvable dans les boutiques du quartier. À coup sûr, c'était un vêtement fait sur mesure ou importé. Elle portait un tablier ivoire et, avec sa peau pâle et tendue, sans imperfection, elle ressemblait... Comment dire... ? À Baymax du dessin animé de Disney *Les Nouveaux Héros*.

L'air grognon, la tête baissée, elle était absorbée par une activité minutieuse. Je me suis approchée, piquée de curiosité, et je l'ai vue planter une aiguille dans une petite pelote de laine sur un tapis en éponge.

Je savais qu'il s'agissait de feutrage à l'aiguille grâce à un numéro spécial de *Mila* sur le sujet dont je n'avais pas eu la charge. À force de picoter des fils de laine aussi doux que du coton, une forme se dégageait.

C'était une activité manuelle. Elle devait modeler un animal. Qu'une personne si immense produise un objet si petit faisait vraiment dessin animé. Intriguée, j'ai observé ses mains.

Juste à côté était posée une boîte orange foncé : des Honey Dome de Kuremiyadô, une biscuiterie historique. Ces succulents cookies en forme de demi-sphère étaient fourrés d'un miel onctueux. J'avais même offert à Mizue ce produit très populaire parmi toutes les générations. Je me suis soudain sentie proche de la bibliothécaire qui les appréciait aussi.

Ses doigts se sont arrêtés brusquement. Sous son regard insistant, je me suis faite toute petite.

— Pardonnez-moi…

Je n'avais pas à m'excuser, mais tandis que je reculais, la bibliothécaire m'a demandé :

— Qu'est-ce que tu cherches ?

J'ai eu la sensation qu'on étreignait mon corps tout entier.

C'était une voix étrange, au ton monocorde, ni doux ni gai. Pourtant, ses paroles exprimaient tant de générosité que cela donnait envie de lui confier tout son être.

J'avais un tas de réponses potentielles à sa question. Ma voie, le moyen de combler ma frustration, du temps libre pour élever ma fille. La façon d'obtenir tout cela.

Mais ce n'était pas un entretien d'aide psychologique. J'ai seulement répondu :

— Des albums pour enfants.

Elle portait un badge au nom de Sayuri Komachi. Quel nom charmant : Mme Komachi, la bibliothécaire. Elle a ouvert la boîte de Honey Dome pour y ranger l'aiguille. Visiblement, elle s'en servait comme nécessaire à couture.

Komachi a repris avec calme :

— Des albums pour enfants ? On n'en manque pas !

— J'en cherche pour ma fille de 2 ans. Elle adore *Gélob aux pieds nus*.

— Ah, celui-là est célèbre, a-t-elle marmonné en gesticulant sur son siège.

— Sûrement, pour une connaisseuse. Moi, j'ignore ce qui plaît aux enfants, ai-je murmuré.

Komachi a légèrement incliné la tête sur le côté. Une épingle à cheveux ornée de grappes de fleurs blanches était plantée dans son chignon très tiré. Manifestement, le blanc était sa couleur préférée.

— Dans l'éducation d'un enfant, on apprend par la pratique. Ça se passe toujours différemment de ce qu'on imaginait.

— Oui, c'est vrai !

J'ai senti qu'enfin, on me comprenait, et malgré moi, j'ai vidé ce que j'avais sur le cœur :

— C'est comme trouver Winnie l'ourson mignon et ensuite, vivre avec un vrai ours.

— Ha ha ha !

Son rire puissant et inattendu m'a surprise, d'autant que je ne plaisantais pas. Je la pensais incapable de rire aussi fort.

Mais j'étais rassurée. J'avais le droit de tout dire. Alors je me suis lamentée sur mon sort :

— Depuis la naissance de ma fille, je suis constamment dos au mur. Je ne m'attendais pas à être à ce point privée de liberté. Oui, j'aime ma fille, mais prendre soin d'elle est plus difficile que ce que j'imaginais.

Komachi, qui ne riait plus, s'est de nouveau exprimée de manière détachée :

— Les enfants ne naissent pas dans des conditions agréables. L'accouchement, c'est quelque chose, n'est-ce pas ?

— Oui. Les mères du monde entier sont incroyables.

— Je suis d'accord.

Après un léger hochement de tête, elle m'a regardée droit dans les yeux.

— Ma mère a dû souffrir, mais je pense que moi aussi, pour venir au monde, j'ai enduré une douleur considérable et utilisé toute mon énergie. Durant neuf mois, j'ai pris forme humaine dans le ventre de ma mère, sans que personne ne m'ait rien appris, puis j'ai été propulsée dans un environnement totalement inconnu. Quand j'ai été en contact avec l'air, j'ai dû être très étonnée, à me demander : « Où suis-je ? » Bien sûr, j'ai tout oublié. Mais à chaque instant de joie ou de bonheur, je me dis que ça valait la peine de faire tant d'efforts à ma naissance.

Émue, j'ai gardé le silence. Komachi s'est tournée vers son ordinateur.

— De même pour toi. La plus grande chose que tu aies accomplie, c'est ta naissance. Rien de ce que tu vis ensuite n'est aussi dur que cet événement extraordinaire. Mais tu y as résisté, alors tu peux tout surmonter.

Sur ces mots, Komachi s'est redressée et a posé les mains sur le clavier. Puis elle s'est mise à taper à toute vitesse : *papapapapapapa !* Ses doigts étaient ceux d'un robot. Je la regardais faire, frappée de stupeur, puis finalement, elle a pressé une touche avec une vive énergie. L'instant d'après, l'imprimante s'est lancée.

La feuille éjectée, de format B5, était un tableau avec des titres de livres, leurs auteurs, des numéros d'étagère. J'ai fixé la page.

Monsieur Nombril ; *Bon retour à la maison !* ; *Qu'est-ce que c'est ?*

De toute évidence, ces trois-là étaient des albums jeunesse. Mais le titre suivant a attiré mon attention.

La Porte de la Lune de Yukari Ishii.

Je la connaissais. Elle postait l'horoscope sur ses réseaux sociaux. Quand je travaillais à *Mila*, une de mes collègues était abonnée à son compte. Moi, ça ne m'intéressait pas trop. Sachant les jeunes femmes attirées par ce sujet, j'avais songé à un numéro spécial sur les consultations de voyance, mais personnellement, je ne lisais jamais l'horoscope mensuel.

J'ai cru que Yukari Ishii avait également publié un livre pour enfants, mais l'ouvrage était classé dans un autre rayon, avec un numéro d'étagère différent.

— C'est un livre sur la voyance ? ai-je demandé.

Sans me répondre, Komachi s'est courbée pour ouvrir plusieurs tiroirs de son bureau et m'a offert quelque chose sorti du troisième.

— Tiens, c'est pour toi.

C'était une balle en laine feutrée. Une sphère bleue tachetée de motifs verts et jaunes… La Terre ?

— Comme c'est joli ! Vous l'avez fabriquée vous-même ? Ça va plaire à ma fille.

— C'est un petit plus, pour toi.

— Pour moi ?

— En complément de *La Porte de la Lune*.

Je n'ai pas compris. Devant ma perplexité, Komachi a déclaré en attrapant son aiguille :

— Ce que j'aime avec le feutrage à l'aiguille, c'est qu'on peut tout changer en cours de route. Même si l'objet est plus ou moins fini, on peut facilement modifier la trajectoire durant la fabrication.

— Ah oui ? Même si c'est différent du projet initial ?

Komachi s'est gardée de répondre. Elle a baissé la tête et s'est remise à planter l'aiguille dans la pelote de laine. Elle n'avait plus envie de bavarder.

Au vu de son attitude, il m'était difficile d'ajouter quoi que ce soit, alors j'ai glissé la Terre dans la poche intérieure de mon sac et je suis retournée vers le coin Enfants.

Nozomi lisait un livre à Futaba. J'en ai profité pour chercher *La Porte de la Lune* dans le rayon Littérature générale.

La couverture bleue était illustrée d'une demi-lune blanche et floue.

Non seulement la couverture et la quatrième de couverture étaient bleues, mais aussi les tranches de tête, de queue, de gouttière – toutes les tranches, en somme. D'une teinte profonde, ni trop vive ni trop sombre. La deuxième de couverture était noire comme de l'encre de Chine. Une fois le livre ouvert, le papier couleur crème semblait encadré de bleu foncé. Parcourir l'ouvrage donnait l'impression de lire en pleine nuit.

Je feuilletais les pages lorsque le terme « mère » a attiré mon attention.

« Dans le monde de l'astrologie, la Lune représente les événements, les émotions, le corps et les changements vécus aux stades de la mère, de l'épouse, de l'enfant. »

La Lune représenterait la mère et l'épouse ?

On prétend pourtant que la mère est le soleil d'un foyer. Et qu'en conséquence, il lui faut sourire en permanence. Étonnée, j'ai lu les paragraphes précédents. J'ai été captivée.

L'image de la Lune se superposerait à celle du corps de la mère, de même que le cycle lunaire coïnciderait avec le gonflement du ventre des femmes enceintes et les cycles menstruels. Ce livre comportait aussi une réflexion sur le symbolisme de l'association entre virginité et maternité, que ce soit avec Artémis, déesse vierge de la Lune, ou la Vierge Marie.

Intéressant. La mise en pages était esthétique et l'écriture limpide, si bien que le propos était clair. Plus qu'un guide d'astrologie, ce livre s'apparentait à un récit rendant la lune plus familière. Dans la biographie sur le rabat du livre, Yukari Ishii n'était pas décrite comme *voyante*, mais comme *autrice*. Conquise, j'ai voulu me plonger dans la lecture de cet ouvrage et j'ai décidé de l'emprunter.

Je suis retournée à l'espace Jeunesse chercher les trois albums inscrits sur la liste. J'ai également attrapé *Gélob aux pieds nus*, que Futaba refusait de reposer. Nozomi m'a créé une carte de lectrice. Au total, j'ai emprunté cinq livres.

— Moi qui porte !

Pieds nus dans ses chaussures, elle serrait son album contre elle. Notre week-end serait sauvé par un mille-pattes et un cafard. J'étais profondément reconnaissante envers l'auteur et l'éditeur.

Mais c'est seulement lorsqu'on a un enfant qu'on réalise combien il est dur de se concentrer pour lire un livre à la maison. Je n'ai pu avancer que de quelques pages dans *La Porte de la Lune*, le lundi matin, dans le train pour aller au travail.

Quand j'étais à *Mila*, je ne me gênais pas pour lire à mon bureau. Même si ce n'était pas en lien direct avec mes missions, ça pouvait m'inspirer.

En revanche, depuis mon transfert au service documentation, j'hésitais, je ne voulais pas être prise pour une paresseuse.

Ce matin-là, je suis arrivée à mon bureau comme d'ordinaire lorsque, les yeux à peine posés sur ma pile de livres, j'ai entendu mon nom depuis le seuil de la porte :

— Madame Sakitani !

J'ai aussitôt relevé la tête. C'était Kizawa. Membre du service éditorial de *Mila*, célibataire du même âge que moi, elle avait pris son poste peu avant mon départ en congé maternité. Je la connaissais mal, parce que nous avions peu travaillé ensemble avant ma mutation, mais aussi parce que, honnêtement, sa franchise me rebutait.

Elle était devenue éditrice adjointe de *Mila* à ma place, durant mon absence. Chez son employeur précédent, elle était déjà reconnue pour ses compétences, et une rumeur disait que notre patron en personne lui avait fait quitter son poste pour l'embaucher. Elle avait récupéré mon projet avec Mizue, une des raisons pour lesquelles je gardais mes distances.

Elle m'a remis une feuille de papier.

— J'aimerais que vous me commandiez ça.

— Très bien.

Il s'agissait du catalogue d'une marque de maroquinerie. Toujours à la porte, elle s'était probablement adressée à moi parce qu'elle jugeait les employés masculins d'un certain âge incapables de se charger de cette mission. Ou alors, elle venait exhiber sa propre méthode de travail à *Mila*.

— Pour cette semaine, c'est possible ? a-t-elle demandé avec froideur.

Ses yeux étaient cernés. Elle portait un pull ample sur un jean, sa chevelure en désordre attachée par une barrette.

Ce devait être sa tenue pour travailler toute la nuit, car vu la date, il fallait finaliser le magazine rapidement.

J'étais abattue. Autrefois, moi aussi, j'étais de ce côté-là.

— Je pense que oui, ai-je répondu.

Afin de dissimuler mon mal-être, j'ai ajouté, aimable et souriante :

— Les épreuves sont à finaliser aujourd'hui ?

Elle a glissé la main dans ses cheveux.

— C'est ça.

— Qu'est-ce que je vous envie ! L'édition, c'est vraiment un travail qui a du sens !

J'avais tenté de lancer une phrase légère. Mais Kizawa, détournant le regard, a répondu sans ménagement, en riant :

— Je passe tellement de temps ici que j'ai l'impression de ne plus jamais rentrer chez moi ! Parfois, je n'attrape même pas le dernier train et je dois payer le taxi à mes frais. Moi aussi, j'aimerais bien rentrer à l'heure au moins une fois !

Je me suis agacée. Comment ça, « Moi aussi » ?!

— Mais bon, de toute façon, personne ne m'attend. Je me sens seule.

Je n'ai rien répliqué à cet autoapitoiement et je me suis efforcée de lui retourner mon plus beau sourire.

Voilà qu'elle m'enviait. Ça m'a démoralisée. C'était moi qui étais jalouse d'elle, à en avoir la nausée, qu'elle soit épuisée de tant travailler pour *Mila* !

J'avais envie de lui cracher à la figure : « Si tu veux à ce point rentrer tôt, démissionne ! Tu es là parce que tu l'as choisi, parce que tu le veux, non ? »

Mais j'étais dans le même cas. J'avais choisi d'avoir un enfant et de l'élever.

Était-ce mal ? Vouloir un travail et une famille, était-ce trop demander ? N'avais-je pas le droit d'être insatisfaite ?

Tandis que je restais sans dire un mot, Kizawa a poursuivi :

— J'oubliais ! Après-demain, il y aura une rencontre avec Mizue Kanata.

Je me suis immédiatement adoucie. Une rencontre avec Mizue ?

— Je n'ai aucune obligation d'y assister car ça ne me concerne pas. Mais l'éditeur exige que je fasse acte de présence. Je suis débordée, ça vous tente d'y aller à ma place ?

— Oui !

Ma réponse spontanée a déclenché chez elle une contraction des épaules.

— Je vous enverrai les détails par mail. Je demanderai également au patron de s'arranger directement avec le chef du service documentation, a-t-elle conclu en tournant le dos avant de retourner dans le couloir.

Je me contrefichais de son avis à mon sujet. Mais j'appréciais qu'elle soit venue me trouver. Je reverrais Mizue. Je pourrais effectuer une tâche qui avoisinait le travail d'éditrice, en tant qu'ex-responsable du projet.

Le lendemain, je me suis rendue en librairie sur ma pause déjeuner pour acheter le dernier roman de Mizue. C'était le jour de sa parution, ce qui expliquait l'organisation d'un événement pour l'occasion.

La rencontre aurait lieu le jour suivant, à 11 heures du matin, dans un hôtel de Tokyo.

J'ai contacté Mizue, qui m'a proposé d'aller boire un thé ensemble après la rencontre.

J'étais heureuse ! Si heureuse !

Dans le train, j'ai parcouru son livre à la va-vite, sans parvenir à la moitié. Ce soir, il fallait à tout prix que Futaba s'endorme tôt.

Sur le chemin du retour, elle a chanté en boucle une chanson apprise à la crèche. Elle l'adorait à tel point que même à la maison, elle la fredonnait sans arrêt, accompagnée d'une danse de son invention.

Après le bain, je l'ai couchée dans son futon et je me suis installée à côté d'elle. J'ai baissé l'éclairage de la chambre et j'ai tapoté la poitrine de Futaba.

— Dormons vite, d'accord ?

Électrisée, elle ne trouvait pas le sommeil. Ça l'amusait de chanter à tue-tête. Au bout d'un moment, j'ai fini par crier :

— Ferme les yeux !

— Nan ! Ze veux chanter !

Mon ordre a eu l'effet inverse de celui escompté. Futaba, surexcitée, s'est dressée sur son futon, les mains sur les hanches.

Quand Shûji rentrerait-il ? Si au moins je connaissais l'heure de son retour, je serais rassurée de savoir quand j'aurais son soutien. Mais il ne me contactait pas.

J'ai renoncé à endormir ma fille et j'ai augmenté d'un cran la luminosité. M'allongeant près d'elle, j'ai ouvert mon livre.

Futaba a chanté encore un temps, puis elle a attrapé un album posé à côté de son oreiller. Elle désirait sûrement m'imiter. Elle se parlait à elle-même en observant les images. Sans doute espérait-elle que je le lui lise, mais je l'ai ignorée et j'ai poursuivi ma lecture. Chaque minute comptait.

Comme chacun des ouvrages de Mizue, son nouveau roman était passionnant. Comment s'étaient déroulés les rendez-vous de travail avec l'éditeur ? Comment avait-il créé ce livre ?

Ah, j'aimerais tellement être éditrice de romans ! Je n'ai pas pu contenir mon émotion.

J'ai suivi le fil de l'histoire avec la voix de Futaba en fond sonore, jusqu'à ce que mon esprit s'éteigne. Malgré moi, je me suis endormie en pleine lecture. J'ai accueilli le lever du jour sans m'apercevoir du retour de Shûji, ni même finir le livre.

Au matin, Futaba a éternué. Son nez coulait.

J'ai vite pressé son front : il était tiède. J'ai serré ma fille dans mes bras, espérant qu'elle ne soit pas malade, puis j'ai glissé le thermomètre sous son aisselle.

— Ça va, Futaba ? a demandé Shûji avec indolence.

J'avais commis l'erreur de dormir en laissant la climatisation, mais j'en voulais à Shûji qui, au coucher, ne l'avait pas éteinte.

Le thermomètre a bipé. 38,9 °C. J'étais un peu inquiète, mais certainement pour rien.

« S'il te plaît, ne sois pas malade. Pas aujourd'hui. »

— Dis…, me suis-je adressée timidement à Shûji.

— Oui ?

— Ce sera inutile, à mon avis, mais si jamais la crèche réclame qu'on aille chercher Futaba, tu pourrais y aller à ma place ?

— Impossible. Je vais à Chiba aujourd'hui.

— Je me disais bien…

Quelle idée de lui avoir posé la question. Je me suis préparée avec Futaba et je l'ai emmenée à la crèche.

Dans le train, j'ai repris le roman de Shizue sans attendre. Je devais absolument connaître la fin. J'ai terminé l'ouvrage en diagonale.

Je n'avais vraiment pas envie de bâcler ma lecture, désirant me plonger dans l'univers du livre, bien installée dans un lieu calme. Mais je n'avais pas le choix.

Grâce à Kizawa, j'ai été autorisée à m'éclipser à 10 heures. Après être passée aux toilettes, je sortais de l'entreprise quand mon téléphone a sonné.

Sur l'écran, s'est affiché « Crèche Tsukushi ». Un frisson m'a parcourue.

À n'en pas douter, Futaba était fiévreuse.

Et si j'ignorais l'appel ? Et si je prétendais n'avoir rien vu ? Mais, en tant que mère, je devais décrocher. Dans mon cœur, deux « moi » se disputaient.

Le répondeur s'est déclenché.

J'ai attendu le message, puis j'ai plaqué mon smartphone contre mon oreille. C'était Mayu, l'éducatrice.

« Futaba a de la fièvre. Venez la chercher, s'il vous plaît. »

Et si…

Et si je faisais semblant de n'avoir rien entendu ?

La crèche risquait de contacter mon travail, en ce cas, un collègue du service m'appellerait : je devais partir maintenant, puis déclarer avoir oublié mon téléphone chez moi.

Je pouvais aussi téléphoner à la crèche dès la fin de la rencontre, m'y rendre au pas de course pour 14 heures et faire l'impasse sur le café avec Mizue. C'était envisageable, car j'avais toute confiance en la crèche.

Mais dans ma tête, j'ai entendu les pleurs de Futaba.

La veille au soir, peut-être avait-elle retiré sa couette. Peut-être qu'elle avait froid à cause de la climatisation. Peut-être qu'elle souffrait d'une forte fièvre. C'était ma faute, j'avais été incapable de la coucher tôt et je m'étais endormie. Je me suis sentie coupable : quelle horrible mère j'étais, ignorant Futaba qui me sollicitait, son album grand ouvert !

Si je ne me présentais pas à l'événement, je serais inutile aux yeux de Kizawa et de mon patron. Sauf que, cette fois, mon absence n'occasionnerait aucune perte pour l'entreprise. Seul mon désir serait piétiné.

J'ai fermé les yeux.

Puis j'ai pris une grande inspiration et j'ai rappelé la crèche.

Quand je suis arrivée, Futaba a couru vers moi à petits pas dès qu'elle m'a vue.

« Mais elle est en pleine forme ! On m'a pourtant dit qu'elle manquait d'énergie, avec 37,8 °C de température ! » ai-je pensé.

Mayu est apparue. La vingtaine à peine, elle avait été embauchée récemment.

— J'ai trouvé que Futaba se sentait mal, mais elle avait juste sommeil. Sa fièvre est retombée à 37,1 °C.

J'étais à la fois soulagée et monumentalement agacée. Je n'avais aucun besoin de venir la chercher ! En ce jour si spécial ! Les larmes me sont montées aux yeux.

— Eh bien, on dirait que Maman était morte d'inquiétude !

En entendant Mayu rire de la sorte, j'ai murmuré :

— Pourquoi c'est toujours sur les femmes que ça tombe…

J'avais parlé d'une voix basse que je ne soupçonnais pas moi-même. Mayu a sursauté, ne comprenant pas ma réaction.

Je n'étais pas la seule dans ce cas. Les mamans formaient l'immense majorité des personnes venant chercher leur enfant.

Comme si c'était tout naturel. Pourquoi les répercussions négatives sur le travail étaient toujours pour les mères ?

Mayu a répondu, intimidée :

— Euh, je suis obligée de contacter les parents à partir de 37,5 °C... Car il ne faut pas que les enfants aient des convulsions...

J'ai repris mes esprits. Apparemment, mon ton sous-entendait que je blâmais Mayu.

— Non, ça n'a rien à voir. Excusez-moi. Merci à vous.

Prenant Futaba dans les bras, j'ai validé la carte de pointage et je suis sortie de la crèche.

De retour à la maison, j'ai repris sa température : 36,5 °C. Après le dîner, de bonne humeur parce qu'elle avait eu son yaourt préféré à la pomme en dessert, elle a aligné ses peluches sur la table et s'est mise à jouer. À 20 heures passées, je lui ai fait enfiler son pyjama pour la coucher tôt.

— Allez, dors maintenant.

— Nan !

— Tu veux encore avoir de la fièvre ? Allez, on range Madame Lapin.

— Ze veux pas !

Non, non, toujours non...

— Maman non plus ne veut pas, tu sais.

Avec un soupir, j'ai pris Futaba et son lapin dans les bras et je les ai transportés jusqu'au futon.

Nous nous sommes allongées toutes les deux, côte à côte, avec Madame Lapin. Futaba était en grande discussion avec elle.

J'aurais tellement voulu assister à la rencontre avec Mizue. Puis boire un café avec elle. Bavarder de tout et de rien, ce qu'on n'avait pas fait depuis une éternité.

Sur le trajet jusqu'à la crèche, j'avais d'abord téléphoné au service éditorial de *Mila* pour prévenir Kizawa que je ne pouvais plus honorer ma promesse. Elle m'avait lancé : « Aucun souci. Bon rétablissement à votre fille. » Elle ne comprenait rien.

Ensuite, dans le train, j'avais présenté mes excuses par mail à Mizue. Elle m'a répondu dans l'instant : « Ça arrive avec les enfants. Ne t'en fais pas. Nous nous verrons une autre fois. »

« Ça arrive avec les enfants… »

Il faut toujours qu'ils tombent malades les jours importants pour leur mère. Mizue, qui avait deux fils, en avait sûrement fait les frais.

J'avais envie de lui parler. Mais je n'étais plus au service éditorial. Je n'étais plus en position de lui proposer amicalement de prendre un café avec moi.

À la réflexion, c'était l'un des atouts majeurs de mon travail : rencontrer qui je voulais, et dans une entrevue à deux, pouvoir effleurer le fond de son cœur.

J'étais éreintée. À l'époque de *Mila*, j'avais beau être affairée et courir de rendez-vous en rendez-vous à l'extérieur de l'entreprise, j'étais en pleine forme. Aujourd'hui, mon corps et mon âme étaient aussi durs et lourds que de l'argile.

Au fil de mes réflexions, allongée sur mon futon, des larmes ont coulé sur mes joues.

Puis sans m'en rendre compte, je me suis endormie avec Futaba.

J'ai ouvert les yeux à 23 h 30.

Moi qui voulais coucher ma fille de bonne heure pour me charger des corvées ! J'étais frustrée d'être encore tombée de sommeil.

J'ai posé la main sur le front de Futaba, paisiblement endormie, et loin d'être fiévreuse – sa peau était fraîche. Je l'ai caressée à la naissance des cheveux et je me suis levée.

Shûji n'était pas encore rentré. La pièce était en bazar et de la vaisselle sale s'entassait dans l'évier. Le linge propre, dont je m'étais occupée en fin d'après-midi, était pêle-mêle sur le canapé, toujours sur les cintres.

Avec un soupir, je me suis attelée au pliage du linge.

J'ai entendu une clé dans la serrure. Shûji était de retour.

— C'est moi !

— Tu rentres bien tard.

— Oui, j'étais débordé.

S'exprimant sans aucune fatigue, il est passé à côté de moi. Il sentait l'alcool.

— Tu as bu ?

— Quoi ? Euh, oui, un peu.

— Je parie que tu n'as pas faim, alors ?

À mon ton à demi colérique, il s'est renfrogné.

— J'ai juste bu une bière. J'ai le droit, non ?

— Oui, bien sûr. Moi non, par contre.

Une fois les vannes ouvertes, je n'ai pas pu m'arrêter. Sous l'impulsion du moment, j'ai déversé un flot de récriminations :

— C'est moi qui emmène Futaba à la crèche, c'est moi qui vais la chercher, c'est moi qui prépare les repas sans savoir si tu manges là. Aujourd'hui, j'avais quelque chose de prévu, mais la crèche m'a fait venir alors qu'il n'y avait aucun problème. Je suis pressée par le temps, je me dépêche toujours, je repousse à plus tard toutes mes activités, je ne peux rien faire du tout !

— Eh bien quoi ? Tu crois que je m'amuse ?

— Tu es allé te saouler, sans même me prévenir !

Hargneuse, j'ai jeté une serviette de bain déjà pliée. En épargnant le mug à proximité, pour ne pas avoir en plus à nettoyer les bris de verre. Le sang me montait à la tête, mais je gardais les idées suffisamment claires pour faire ce genre de calcul !

— C'est notre enfant à tous les deux, non ? Quand j'étais enceinte, tu disais qu'on ferait tout ensemble ! Alors toi aussi, va la chercher et participe aux tâches ménagères !

— Tu veux que je stagne dans ma carrière, ou quoi ? Je ne peux pas laisser tomber réunions et voyages d'affaires pour rentrer tôt, aller la chercher et préparer le dîner ! Natsumi, c'est toi qui travailles dans un service conciliant et qui finis à 17 heures, pas moi !

Dépitée, je suis restée silencieuse. Quelque part, je savais que si sa position dans l'entreprise était compromise, nous en subirions les conséquences.

Mais c'était injuste. Moi, j'avais abandonné ma carrière. Pourquoi lui seul avait la liberté de se concentrer sur son travail ?

Pourquoi devais-je assumer toutes les corvées ?

Parce que j'étais maman ?

— Je suis la seule perdante dans cette histoire, ai-je protesté, des sanglots dans la voix.

Shûji, manifestement fâché, allait répondre lorsqu'il a ouvert grands les yeux.

À la porte du salon, se tenait Futaba. Notre dispute l'avait réveillée.

— Ze ranze, a-t-elle annoncé avec inquiétude.

Elle s'est mise à transporter ses peluches jusqu'au coffre à jouets. À la vue de son visage au bord des larmes, ma poitrine s'est serrée.

Même sans comprendre le sujet de notre querelle, elle devait penser que nous nous disputions à cause d'elle et qu'en étant sage, nous nous réconcilierions.

Sans hésiter, je l'ai prise dans mes bras. Pardon, pardon, Futaba.

Et dire que je m'étais considérée comme perdante !

Elle qui était la prunelle de mes yeux ! Elle que j'avais tant désirée ! Comment avais-je pu croire que ma vie avait chaviré par sa faute...

Le lendemain, peu avant midi, j'ai reçu un appel interne de l'accueil. C'était Mizue.

Je suis descendue dans le hall. Vêtue d'un kimono, elle m'a adressé un sourire aimable.

J'ai compris aussitôt : elle avait utilisé la ligne interne et non mon smartphone pour que je puisse m'absenter facilement.

Je voulais tellement la revoir. Sa seule présence, là devant moi, a détendu tout mon corps. Je me suis mise à pleurer.

Mizue n'a pas été surprise. Elle a posé délicatement la main sur mon épaule et a murmuré :

— Ta pause déjeuner est à quelle heure ? Si ça te dit, on déjeune ensemble !

Elle m'a donné rendez-vous dans un restaurant décontracté et a ajouté en riant qu'elle réserverait nos places et m'y attendrait.

En réalité, Mizue était venue chez Banyûsha pour un entretien avec Kizawa.

Le Platane rose serait adapté au cinéma. Que Kizawa soit responsable du projet avait un goût amer, car c'est moi qui avais élaboré ce roman avec Mizue.

Tandis que je plongeais ma cuillère à soupe dans l'omelette au riz, Mizue s'est confiée à moi :

— Tu sais, j'ai vécu le roman-feuilleton comme une expérience un peu pénible.

— Ah bon ?

— J'étais stressée d'avoir un lectorat de jeunes femmes émotives. J'avais peur d'écrire un texte manquant de délicatesse, d'être la cible de moqueries pour ma sensibilité de vieille femme.

Elle a avalé une bouchée de son omelette et a poursuivi, l'air ravi :

— Mais... c'était aussi très distrayant ! J'ai pris conscience de tout ce que j'avais à transmettre à la jeunesse. Pendant la parution en feuilleton, les deux personnages discutaient continuellement dans ma tête. Nous étions toujours ensemble. Elles étaient comme mes filles bien-aimées, de même que les lectrices. Ça m'a rappelé la période où j'élevais mes propres enfants.

Elle m'a regardée avec un sourire, les yeux plissés. Quant à moi, je ne savais pas quoi dire.

— C'est grâce à toi, a-t-elle poursuivi. Tu as assisté à leur naissance et tu les as élevées avec moi. Tu étais une sage-femme, une infirmière, un mari, une mère, pour moi comme pour ce roman.

Des pleurs ont inondé mes yeux. J'ai couvert mon visage de mes mains.

— J'étais persuadée que je ne vous reverrais plus jamais. Parce que désormais, je ne suis…

« Je ne suis plus au service éditorial. »

Toutes les émotions trop longtemps contenues se sont déversées comme un torrent en présence de Mizue.

— Je me déteste d'être jalouse de Kizawa qui travaille d'arrache-pied pour *Mila*, de penser que ma vie est sens dessus dessous depuis que j'ai un enfant.

Mizue a posé sa cuillère.

— Je vois, tu traverses la phase du manège, a-t-elle affirmé d'un ton calme.

— Du manège ?

Elle a émis un petit rire.

— C'est très fréquent. Le célibataire envie le marié, le marié envie le parent, et le parent envie le célibataire. C'est un manège qui tourne en rond. Je trouve ce phénomène intéressant, chacun court uniquement derrière son prédécesseur, il n'y a ni premier ni dernier. En d'autres termes, le bonheur n'a ni climax ni ligne d'arrivée.

Elle s'était exprimée gaiement. Elle a bu un peu d'eau dans son verre.

— La vie n'est faite que de bouleversements. Peu importe ta situation, rien ne se passe jamais comme prévu. Mais inversement, il arrive aussi des bonnes surprises et très souvent, on se dit : « Heureusement que ça ne s'est pas passé comme je l'avais souhaité ! » Que nos projets soient bouleversés n'est pas signe de malchance ou d'échec. C'est ainsi que nous évoluons, que notre vie évolue.

Mizue a regardé au loin, le sourire aux lèvres.

Au moment de régler l'addition, j'ai désespérément tendu le bras vers la note que Mizue avait attrapée.

Je ne pouvais pas la faire passer en note de frais. Mais évidemment, j'avais de quoi payer.

— Non, je t'invite, a soutenu Mizue en brandissant bien haut l'addition pour que je ne l'atteigne pas.

— Mais…

— Natsumi, c'est bientôt ton anniversaire, non ? *Natsu*, l'été, *mi*, la beauté, et justement, tu es née en été !

J'ignore quand nous avions abordé le sujet. Elle se souvenait de ma date d'anniversaire !

— Je vous remercie.

Alors que je courbais la tête en signe de gratitude, Mizue a ri, puis m'a demandé :

— Tu vas avoir quel âge ?

— 40 ans.

— Parfait ! Ta vie commence maintenant ! Profite, le parc d'attractions est vaste !

Elle a attrapé ma main avant d'ajouter :

— Joyeux anniversaire ! Et merci d'être venue me trouver !

Peu à peu, la sérénité s'est propagée dans tout mon corps.

Grâce à *Mila*, je n'avais pas seulement gagné une carrière. Je recevais aussi du réconfort de la part de Mizue, alors même que j'avais perdu mon emploi.

Venir au monde en valait la peine, ai-je songé au fond de moi.

Pour une fois, ce soir-là, Futaba s'est endormie facilement.

Shûji n'étant pas encore rentré, j'ai protégé son repas avec de la Cellophane, puis, installée dans le canapé du salon, j'ai ouvert *La Porte de la Lune*.

En cours de lecture, je suis tombée sur un titre intrigant : « Les yeux de l'âme ». Emballée, j'ai rapproché la page de mon visage.

Des yeux pour voir l'« invisible ».

Le premier était l'« œil solaire » qui observe le monde de façon logique et rationnelle.

Il braque une lumière vive sur les choses et les comprend.

Le second était l'« œil lunaire » qui perçoit ces choses à travers les émotions ou l'intuition et espère interagir avec elles. C'est l'imagination, le rêve, comme les monstres dans le noir ou un amour secret.

D'après l'autrice, chacun d'entre nous... possédait ces yeux dans son cœur.

Ce livre me fascinait. Je n'avais pas lu avec l'esprit léger depuis si longtemps ! Il traitait aussi de la relation entre le Soleil et la Lune dans les mythes, de la voyance et des sorts, des sentiments humains cachés. Rassurée par le bleu magnifique de la couverture, bien visible autour des pages blanches du livre ouvert, j'étais absorbée dans ma lecture.

« Nous vivons des événements, petits ou grands, qui ne se passent pas comme prévu, qu'importent nos efforts. »

J'ai été étonnée de trouver l'expression « comme prévu », prononcée le jour même par Mizue. La suite portait sur la « transformation ». C'était étrange, mais à mesure que j'avançais dans le livre, son contenu se confondait parfois avec ma vie.

Komachi était incroyable. Pourquoi me l'avait-elle conseillé ?

Un souvenir a jailli de ma mémoire, alors j'ai mis la main dans mon sac à langer. Le petit cadeau de Komachi était resté dans la poche.

J'ai posé la boule légère dans le creux de ma main.

Sur ce globe terrestre de la taille d'une balle de tennis de table, les continents étaient approximatifs, tandis que le Japon était correctement reproduit. Soit les modeler tous avec minutie était extrêmement ardu, soit c'était la preuve du patriotisme de Komachi.

Et moi, je me tenais là.

C'était la nuit. Avec la rotation de la Terre, viendrait le matin…

En la faisant rouler entre mes doigts, j'ai pensé au géocentrisme et à l'héliocentrisme. Les Anciens croyaient qu'un corps céleste tournait autour de la Terre, immobile. Alors qu'en réalité, c'est l'inverse.

Et là, j'ai eu une illumination.

« On m'avait transférée » de *Mila* au service documentation. « On me faisait faire » les corvées et m'occuper de mon enfant. Me jugeant au centre du monde, je me positionnais en victime, me demandant pourquoi les autres ne cherchaient pas plus à me simplifier la vie.

J'ai fixé cette balle bleue. La Terre se déplaçait. Le matin et le soir ne « venaient » pas à nous, d'eux-mêmes, ils « passaient ».

Et maintenant, que voulais-je faire ? Où désirais-je aller ?

J'avais déjà constaté une évolution en moi. Puis, la discussion avec Mizue m'avait confortée dans ma décision.

Je voulais éditer des livres.

Je voulais découvrir les spécificités de certains écrivains et les transmettre aux lecteurs sous forme de récits de qualité.

Les paroles de Mizue me sont revenues en mémoire : « Le parc d'attractions est vaste. »

Devais-je descendre du manège pour essayer une autre attraction ? Sachant que rester sur mon cheval n'avait rien d'un exploit, pouvais-je être honnête avec moi-même et partir en quête de ce que je désirais vraiment ?

Sur mon smartphone, j'ai recherché des offres d'emploi dans des maisons d'édition. Jusqu'à présent, je m'étais uniquement concentrée sur les éditeurs de magazines. Je croyais que c'était mon unique choix.

Vu ma situation, il m'était difficile d'envisager ce secteur où primaient vitesse et travail d'équipe. Mais il était peut-être plus aisé de travailler seule en littérature. Un revirement vers l'édition littéraire m'ouvrirait peut-être des portes.

Parmi plusieurs annonces, j'en ai trouvé une pour Ôtôsha, maison d'édition ayant pignon sur rue. Spécialisée en littérature générale, elle avait publié quelques ouvrages de Mizue.

Comme par miracle, ils recrutaient une personne en milieu de carrière. Le dossier de candidature était à envoyer avant le lendemain, le cachet de la poste faisant foi. J'y arriverais juste à temps.

Tentant d'apaiser mon cœur qui battait la chamade, j'ai lu l'annonce attentivement. J'avais la sensation que, soutenue par une entité puissante, ma vie prenait un tournant positif. À l'image de ma rencontre avec Mizue aujourd'hui, de Futaba qui s'était endormie tôt.

Le samedi de la semaine suivante, j'ai rapporté les livres à la bibliothèque. J'avais confié Futaba à Shûji, resté à la maison.

J'ai déposé les ouvrages sur le bureau de Nozomi et j'ai porté mon regard vers le coin Conseils. Nozomi, devinant mes pensées, a dit :

— Si vous désirez voir Mme Himeno, elle est en pause. Elle revient très bientôt.

— Mme Himeno ?

— Ah ! s'est-elle exclamée, la main devant la bouche. Mme Komachi était infirmière scolaire quand j'étais à l'école primaire. Je l'ai appelée par son nom de jeune fille, comme à l'époque !

Ainsi, Komachi avait travaillé à l'infirmerie scolaire. J'ai eu l'impression de regarder une série télévisée.

Komachi est reparue à ce moment-là. Déplaçant son immense corps avec lenteur, elle a poursuivi son chemin, le visage impassible, un bref regard à mon intention.

J'ai attendu qu'elle s'installe à son bureau avant de m'approcher.

— Je vous remercie pour l'autre fois. *La Porte de la Lune* est un excellent livre.

— Oui, a-t-elle répondu, laconique.

— Je l'ai juste parcouru, faute de temps, alors je compte l'acheter. Je veux le garder.

Elle s'est légèrement renversée en arrière sur son siège.

— Je suis heureuse si j'ai pu servir d'intermédiaire et te donner envie non seulement de lire un livre, mais de le conserver auprès de toi.

— En effet. Il m'a motivée à me « transformer ».

Komachi a eu un rire discret.

— La valeur d'un livre tient plus à ta propre interprétation qu'à la puissance de ses mots.

Ses propos bienveillants m'ont fait plaisir.

— Madame Komachi, vous avez été infirmière scolaire, n'est-ce pas ? Vous avez changé de voie ? ai-je embrayé.

— C'est exact. J'ai débuté en tant que bibliothécaire, je suis devenue infirmière scolaire et je suis bibliothécaire à nouveau.

— Pourquoi avoir changé deux fois de profession ?

J'ai entendu un craquement. Komachi avait penché la tête.

— J'en suis arrivée là en pesant d'un côté mes rêves et de l'autre mes capacités compte tenu du cours de ma vie. Notre existence est en dents de scie, indépendamment de notre volonté. Nos relations familiales, notre santé, notre carrière peuvent se détériorer subitement, tout comme on peut tomber amoureuse du jour au lendemain.

— Amoureuse ? ai-je répété, étonnée qu'un tel mot sorte de sa bouche.

Elle a délicatement effleuré son épingle à cheveux.

— Ça a été la plus belle surprise de ma vie. Je n'aurais jamais imaginé rencontrer quelqu'un qui me ferait ce cadeau.

Elle parlait certainement de son mari. Je mourais d'envie de connaître les détails de cette belle histoire, mais l'interroger aurait été inconvenant.

— Êtes-vous satisfaite d'avoir changé d'emploi ? N'avez-vous pas été angoissée ?

— Parfois on veut rester soi-même, mais on change, et parfois on tente de changer, mais on reste soi-même.

Elle a rapproché la boîte de Honey Dome qui se trouvait au bord de son bureau. La voyant sortir une aiguille, j'ai compris. La minute conseils était terminée. Et fatalement, elle a manié l'aiguille, imperturbable.

De retour chez moi, j'ai demandé à Shûji de sortir la voiture pour aller en famille à Éden, un centre commercial qui vendait de l'alimentation et des produits à usage quotidien. Je voulais des sous-vêtements et des T-shirts pour Futaba, mais surtout des produits lourds, tels que des sacs de riz et des boissons en bouteille.

— Ça t'embête si je passe chez ZAZ d'abord ? ai-je demandé à mon mari.

Shûji m'attendrait à l'espace Jeux avec Futaba. Il m'était d'une aide si précieuse le week-end.

ZAZ était une chaîne d'opticiens. Ma vue était parfaite, mais à certaines occasions, je portais des lentilles de contact jetables. Je m'étais fait un stock il y a six mois, mais il s'épuisait.

Dès mon entrée en boutique, j'ai salué l'employé qui s'est retourné et m'a laissée bouche bée.

— Kiriyama !

— Oh, madame Sakitani ! Mais… vous habitez près d'ici ?

Quand j'étais à *Mila*, ce garçon travaillait pour une agence d'édition à qui on confiait des missions de temps à autre.

— Je n'aurais jamais cru te revoir ici !

— J'ai démissionné et je travaille dans cette boutique depuis le mois dernier.

Il avait repris des forces, lui dont la maigreur m'inquiétait à l'époque. Sa bonne mine m'a soulagée.

À dire vrai, son agence n'était pas sérieuse. Son patron exigeait par exemple qu'en une journée, ses employés réalisent dix pages de photographies de rue ou rassemblent des informations sur une trentaine de restaurants de nouilles *ramen*. Puisqu'il acceptait tous les projets, on n'hésitait pas à requérir ses services, mais ce devait être un branle-bas de combat permanent dans l'entreprise.

— Vous aussi, vous avez l'air en pleine forme ! Votre enfant est né, il me semble ?

— Oui... En vérité, je cherche un autre emploi, moi aussi.

Ces mots m'ont échappé, sachant que Kiriyama s'était trouvé dans la même position que moi.

— Je ne veux plus éditer des magazines, mais des romans. J'ai postulé au service éditorial d'Ôtôsha, j'attends qu'ils examinent ma candidature. Les résultats sont pour bientôt, j'ai hâte de connaître la réponse !

— Ah, c'est vrai que vous avez publié le best-seller de Mizue Kanata ! *Le Platane rose* plaît même à un homme tel que moi !

Ses paroles m'ont redonné courage. Ma carte de fidélité en main, il s'est retiré dans l'arrière-boutique.

Il est revenu peu après, l'air désolé.

— Excusez-moi, j'espère que vous n'avez pas un besoin urgent de lentilles de contact. Nous sommes en rupture de stock pour les produits venant de ce fabricant. Je vais tout de suite passer commande et je vous tiendrai informée.

Il s'exprimait sur un ton commercial très doux. Il ne travaillait là que depuis un mois, mais maîtrisait déjà l'accueil de la clientèle. Ça lui correspondait bien.

J'étais sur le départ lorsqu'il a ajouté :

— Je croise les doigts pour le poste chez Ôtôsha. Je trouve votre projet formidable.

— Merci !

Il avait toujours été un bon garçon. Aujourd'hui, ce nouveau Kiriyama me paraissait plein de fraîcheur et de classe.

Moi, les autres, nous changions tous. C'était très bien ainsi.

Mon cœur appartenait déjà à Ôtôsha. Je voyais mon avenir là-bas, à élaborer de bons livres…

Sauf que j'ai reçu un mail de refus.

J'étais déboussolée. Je pensais au moins passer un entretien. Dire que j'avais échoué à cette étape, sans même avoir l'opportunité de les rencontrer !

J'étais persuadée d'avoir un avantage, puisqu'ils avaient publié des romans de Mizue.

Mais au bout du compte, j'avais été recalée.

Ils estimaient logiquement que le seul roman à mon actif était un coup de chance, ajouté à cela mon âge et un enfant en bas âge. Il fallait être immédiatement opérationnel pour une embauche en milieu de carrière. Dans une maison d'édition d'envergure telle qu'Ôtôsha, d'excellents candidats avec plus d'éxpérience que moi devaient affluer.

J'aurais dû m'en douter, si j'avais un tant soit peu réfléchi.

Déjà déprimée qu'on me jette la réalité à la face, comme pour m'attaquer par-derrière, j'ai appris que Kizawa avait été promue éditrice de *Mila*.

L'annonce a été faite à la réunion du matin. Kizawa s'est exprimée devant tout le personnel avec son manque de tact habituel, le menton en avant.

Mais j'ai tout vu. Durant la salve d'applaudissements, j'ai vu un furtif sourire gêné de jeune fille. Le coin de ses yeux humides scintillait.

Instantanément, la jalousie qui me hantait s'est évanouie. Fidèle à elle-même, Kizawa s'était battue pour arriver là, au prix d'efforts considérables. Elle était sincèrement ravie, sans concevoir cette promotion comme allant de soi.

Elle avait sûrement traversé quantité d'épreuves et de déceptions. J'aurais dû le savoir, je regrettais de lui avoir dit avec tant de désinvolture que je l'enviais.

Le manège s'est arrêté.

Aujourd'hui, je ne pouvais plus retourner de l'autre côté.

Il valait mieux que chacune observe les alentours depuis sa propre position. Moi d'ici, elle de là-bas.

Remarquant mes applaudissements fournis, Kizawa m'a adressé un petit sourire.

Deux jours plus tard, je fêtais mon anniversaire.

Shûji s'est arrangé pour rentrer tôt du travail. Avec Futaba, nous sommes allés dîner tous les trois dans un restaurant familial.

Mon mari a été sidéré à l'annonce de ma candidature chez Ôtôsha et de leur refus catégorique. Mais aussi de ma volonté de démissionner d'une entreprise où je travaillais de longue date et de la difficulté à changer d'emploi.

De mon côté, j'étais consternée qu'il n'ait toujours pas compris mon ressenti et ma situation, mais peut-être ne m'étais-je pas exprimée clairement. Je me plaignais sans préciser ce qui n'allait pas. Mais ses paroles réconfortantes et encourageantes m'ont étonnée.

Au cours de la conversation, nous nous sommes mis d'accord sur un point : il emmènerait Futaba à la crèche tous les matins. Le soir, c'était trop compliqué. Cette fois, il a écouté attentivement mes consignes sur l'installation des draps le lundi, en prenant des notes.

— Si tu t'énerves, à me dire de t'aider ou d'en faire plus, ça ne sert à rien. Je préfère des éléments concrets et logiques.

J'ai alors compris que c'était ça, aussi, l'« œil solaire ». Désormais, je tâcherais de maintenir l'équilibre avec l'« œil lunaire ».

J'étais contente. Je réclamais qu'il gère telle ou telle tâche, mais je savais qu'il pensait à notre famille, à sa façon.

Entre nous, il y avait Futaba, dont les expressions du visage s'enrichissaient de jour en jour.

— Bon niversaire !

Elle était tellement adorable, à me le souhaiter ainsi en des termes enfantins.

Notre famille aussi, nous l'avions construite progressivement. Ensemble, tous les trois.

Je devais profiter de cet instant précieux. « Compte tenu du cours de ma vie », pour reprendre les mots de Komachi. Mon échec chez Ôtôsha signifiait peut-être que m'éloigner du métier d'éditrice était le « cours de ma vie ».

Cette pensée m'a serré la poitrine. Je l'ai tue en vidant ma tasse de thé d'après repas.

Je suis allée me resservir une tisane dans le coin des boissons gratuites, et une fois revenue, mon téléphone a vibré sur la table. C'était un appel d'un numéro de portable inconnu, commençant par 090.

Après un échange de regards avec Shûji, je me suis levée et je suis sortie du restaurant pour décrocher.

— C'est Kiriyama, de chez ZAZ.

— Oh !

À cette voix familière, j'ai poussé un soupir de soulagement. La brise nocturne de l'été était agréable.

— Vos lentilles de contact sont arrivées. Je suis désolé pour le délai d'attente.

— J'irai les chercher. Merci.

— Ce qui me permet d'enchaîner sur le motif réel de mon appel…

— Pardon ?

Son environnement était bruyant. Il n'avait pas l'air de me contacter depuis le magasin et, en plus, il utilisait son portable.

— Vous avez eu la réponse d'Ôtôsha ? m'a-t-il demandé après une pause.

— Je n'ai pas été prise.

— Tant mieux !

— Comment ça, « tant mieux » ? ai-je rétorqué.

Kiriyama a ri avec gêne.

— Ah, non, désolé ! Une camarade de la fac travaille au service éditorial des éditions de l'Érable.

Les éditions de l'Érable. Cette célèbre maison d'édition d'albums et de livres pour enfants, qui avait notamment publié *Gélob aux pieds nus*.

— Le mois prochain, elle quitte son poste pour suivre son mari muté à l'étranger, alors l'entreprise organise un recrutement pour la remplacer. Mais avant cela, elle m'a demandé si je connaissais une personne compétente : j'ai pensé à vous.

Mon cœur a tressailli. Paralysée par l'émotion, j'écoutais la voix de Kiriyama se déverser de mon téléphone que je cramponnais.

— Cette maison d'édition vous conviendrait bien. Ôtôsha aussi, mais aux éditions de l'Érable, ils sont souples, avec une bonne communication interne et de plus en plus de nouveaux projets. Si ça vous intéresse, j'en parle à ma camarade et je me charge d'arranger une rencontre avec l'éditeur.

— Mais j'ai 40 ans et une fille de 2 ans…

— Je transmettrai ces éléments. Je pense que ça jouera en votre faveur vu qu'ils publient des albums et livres pour enfants. Ma camarade est mère de famille, elle aussi.

Impossible de calmer mes palpitations. Mais je ne me focalisais que sur mes défauts.

— Je n'ai aucune expérience dans l'édition jeunesse…

— Il ne s'agit pas du service éditorial dédié à la jeunesse, mais de celui de la littérature. Les éditions de l'Érable publient aussi de très bons romans.

Aucun titre ne m'est venu à l'esprit. Mais si c'était vrai, alors… je pourrais moi aussi publier des livres de littérature générale ?

— Quand vous étiez à *Mila*, vous avez élaboré de nombreux projets liés à l'émotionnel, sans vous limiter aux pages sur la mode, non ? Vous gériez les rubriques positives visant à encourager les lectrices, par exemple. Je suis convaincu que si *Le Platane rose* a vu le jour, c'est parce que vous en aviez la charge, alors j'ai été content d'apprendre que vous souhaitiez éditer des romans.

À ces mots, je me suis sentie sauvée. Il existait bien dans mon entourage quelqu'un qui m'observait et reconnaissait qui j'étais.

— Kiriyama, pourquoi fais-tu cela pour moi ? ai-je demandé, incapable de dissimuler ma joie.

C'était une question toute bête. Nous n'étions pas amis, il ne me devait rien, nous avions juste entretenu une brève relation professionnelle autrefois.

— Pourquoi ? Eh bien, parce que dans le cours de ma vie, j'en ai la possibilité. Il nous faut plus de livres de qualité, vous ne croyez pas ? Moi, j'aimerais beaucoup, a-t-il répondu.

J'ai regardé le sol. Mes pieds tremblaient dans mes sandales.

Il a ajouté qu'il me recontacterait. Le téléphone raccroché, je suis retournée à ma place en chancelant et j'ai bu ma tisane d'une traite.

— Que se passe-t-il ?

J'ai tout raconté à Shûji.

— Mais c'est super ! s'est-il extasié.

Oui, mais j'étais mitigée. C'était trop beau pour être vrai. J'avais enfin trouvé la paix, alors espérer et échouer à nouveau serait insupportable.

— C'est crédible, à ton avis ? Qu'on m'offre le poste n'est pas un peu gros ? ai-je demandé.

— Non. Il ne se moque pas de toi, il te fait cette proposition parce que tu as agi, alors il agit à son tour.

J'ai redressé la tête. Shûji souriait avec douceur.

— C'est le fruit de tes efforts, non ?

Il avait raison.

Je n'avais pas été engagée chez Ôtôsha. Mais si je n'avais pas tenté ma chance, je n'aurais pas non plus évoqué mon désir d'être éditrice littéraire devant Kiriyama. Mon acte avait eu une conséquence imprévue. C'était une belle surprise.

Mon mari a tapoté la tête de Futaba qui avait terminé sa glace.

— Toi et moi, on va rentrer à la maison.

— Quoi ?

— Natsumi, tu vas passer à la librairie, non ? Celle de la gare est encore ouverte.

Ma fille, perplexe, nous a regardés tous les deux.

— D'accord, Futaba ? Tu préférerais que Maman n'ait pas ce qu'elle veut et qu'elle pleure dans son cœur ?

À cette question de Shûji, Futaba a murmuré :

— Nan.

Une fois seule, je suis allée à la librairie Meishin, située dans l'immeuble de la gare. J'ai cherché des livres des éditions de l'Érable et j'ai trouvé des albums, des contes, des romans. Ainsi qu'une quantité de best-sellers, comme l'avait dit Kiriyama.

J'en adorais certains, sans jamais m'être penchée sur le nom de l'éditeur.

— Ah, celui-ci aussi ! Et celui-là !

Au final, j'en avais déjà lu beaucoup.

Absorbée par les couvertures, j'ai choisi plusieurs titres que je ne connaissais pas et qui m'intriguaient. Je comptais aussi acheter *Gélob aux pieds nus*.

Et enfin, *La Porte de la Lune*.

Mais je n'ai trouvé ce livre bleu nulle part.

J'ai continué ma recherche et je suis tombée sur *La Porte de la Lune – Nouvelle édition*.

Sur la couverture, figurait une superbe illustration de la lune en pleine page, dans un dégradé vertical du bleu foncé au jaune. La deuxième de couverture n'était pas d'un noir d'encre comme le ciel obscur, mais jaune canari. En le feuilletant, le texte me semblait à peu près identique.

Une réédition. Cela prouvait combien *La Porte de la Lune* était recherché et apprécié.

Une ardeur m'a submergée. Ainsi, les livres renaissaient parfois. Qui achetait celui-ci ? Qu'en retirait le lecteur ?

Ah, comme je voulais être éditrice littéraire !

Je souhaitais proposer au public ce genre d'ouvrage offrant une vision positive de l'avenir et nous confrontant à des sentiments inconnus. Même si *Mila* était un magazine et non un roman, c'était exactement ce que je voulais à l'époque.

La mise en pages de *La Porte de la Lune*, qui dans l'édition originale semblait flotter dans un magnifique ciel étoilé, avait été modifiée. Si le texte était inchangé, cette fois, il paraissait éclairé par la lune.

En haut à droite des pages paires étaient dessinées les différentes phases du satellite. Dans la première édition, ces dessins se trouvaient en bas. Bien que ce soit les mêmes symboles, ce changement de place paraissait annoncer un message venu du ciel.

Moi aussi, j'évoluais. Même si je tentais de rester égale à moi-même.

L'intention de mon cœur était inaltérable. Qu'importaient mes efforts pour la changer…

⁂

« Tous les parents souhaitant que leurs enfants croient au père Noël hébergent un véritable père Noël dans leur propre cœur. Pour cette raison, beaucoup d'enfants sentent que le père Noël sur son traîneau "existe" bel et bien. »

Je relisais ce livre sous les rayons du soleil hivernal lorsque mon téléphone a sonné. J'ai décroché.

— Allô, vous êtes bien aux éditions de l'Érable.

L'été dernier, durant l'entretien organisé par Kiriyama, l'éditeur m'avait posé deux questions : comment avais-je préparé l'ouvrage avec Mizue ? dorénavant, comment souhaitais-je créer des livres ?

L'éditeur avait écouté avec grande attention mes réponses enflammées, hochant la tête à de multiples reprises.

Mes envies nées à *Mila* et mes nouvelles réflexions depuis ma mutation m'avaient aidée dans ma vie d'après. Mon expérience chez Banyûsha m'avait apporté tout le nécessaire pour travailler ici. Comme si tout ce que j'avais vécu avait un sens. Ma gratitude envers Banyûsha et le fait que je m'affirme – moi qui avais fait tant d'efforts – avaient forgé celle que j'étais actuellement.

Faisant patienter mon interlocuteur, j'ai pressé le bouton de mise en attente.

— Imae, vous avez un appel de la part d'Orihashi.

J'ai transmis l'appel à ma collègue assise en face de moi. C'était de la part d'une autrice qu'elle gérait. À côté d'elle, Miho, sa fille de 7 ans, lisait un album, assise sur un tabouret. Suite à une épidémie de grippe, sa classe avait été fermée à partir d'aujourd'hui.

L'éditrice jeunesse s'appelait Kishikawa. Voyant Miho, elle s'est baissée vers elle et lui a demandé gentiment :

— Alors ? Ça te plaît ?

Il s'agissait du deuxième tome d'une série publiée par les éditions de l'Érable. Une histoire de nains qui se faufilent dans des trous.

— Oui, c'est rigolo ! a répondu Miho, pleine d'entrain. J'aime bien la tache marron sur le dos du chien, on dirait un steak haché !

— Ah oui ? Je n'avais pas vu ça sous cet angle !

Une employée qui passait par là a souri à la vue de la petite fille.

Ici, les enfants étaient considérés comme des lecteurs, avec beaucoup d'estime. On pouvait venir au travail avec ses enfants. Si une employée rendait visite à ses collègues avec son bébé durant son congé maternité, tout le monde se rassemblait autour d'eux et le patron prenait le nouveau-né dans ses bras. J'en ai été troublée au début.

Kishikawa m'a apporté deux photocopies couleurs.

— Tu pourras demander à Futaba quel est son dessin préféré ?

C'était une esquisse pour un nouveau projet d'album jeunesse.

— Oui, avec plaisir.

— Merci pour ton aide, encore une fois !

Jusqu'à présent, être maman était vu comme une entrave au travail. Ici, au contraire, c'était accepté. Que ce soit utile m'apaisait, je me sentais forte.

Il m'avait suffi de changer d'environnement pour ne plus avoir un bagage en moins ou en trop. De même que sur terre, changer de pays ou de saison permet de percevoir un même élément de manière différente.

Au départ de Kishikawa, j'ai de nouveau posé les yeux sur mon livre.

« Le père Noël dont parlent les parents n'est nullement un mensonge, c'est une vérité plus grande encore. Ainsi, l'"œil solaire" et l'"œil lunaire" acceptent le monde en coopérant, sans s'ignorer l'un l'autre. »

Cet extrait de la nouvelle édition de *La Porte de la Lune*, je le connaissais par cœur.

Je l'avais souligné. Pour le graver en moi.

En entrant aux éditions de l'Érable, j'avais eu une révélation.

Quand on écrit ou lit un roman, on voit avec l'« œil lunaire ».

Quand on le met en forme et qu'on le présente au public, on voit avec l'« œil solaire ».

Les deux sont indispensables. Il faut les ouvrir bien grands. Ils coopèrent, sans s'ignorer l'un l'autre.

J'ai refermé l'ouvrage, puis je l'ai rangé sur mon bureau, dans un serre-livres.

J'en ai saisi un autre, tout fin. C'était un extrait de roman que j'avais découvert le mois dernier.

« Ça y est, je l'ai trouvé ! » avais-je pensé. Je voulais absolument travailler avec cet auteur. J'avais contacté tout mon réseau pour récupérer son adresse e-mail.

J'ai respiré profondément et je me suis mise face à mon ordinateur.

« À l'avenir, c'est avec vous que je désire ouvrir une nouvelle *porte*. »

J'ai lentement tapé mon message, imprégnée de cette intention.

La Terre tourne.
Éclairée par le Soleil, elle admire la Lune.

J'évoluerai, les pieds ancrés dans le sol, les yeux levés vers le ciel.
Pour transmettre une *vérité* plus grande encore au lecteur de l'autre côté de la page.

Chapitre 4

Hiroya, 30 ans, sans emploi

Quand j'étais écolier, ils jouaient toujours avec moi et m'apprenaient tellement de choses.

Parfois, ils n'étaient pas humains et n'habitaient pas sur la Terre. Nous étions dans un lointain passé ou futur, voire dans une autre dimension.

Je me sentais plus proche d'eux, mes nombreux amis, que de mes camarades de classe. Ils ne vieillissaient pas, restaient éternellement beaux et drôles, courageux et bons. Ils détenaient une force mystérieuse, se battaient avec bravoure contre le mal, charmaient la plus belle fille de l'école, et à chaque fois que je les retrouvais, ils se tenaient à mon écoute.

Alors pourquoi ? Pourquoi le temps s'écoulait-il seulement pour moi ? À 30 ans, j'étais maintenant plus âgé que ceux qui avaient été mes aînés toute ma vie. Sans être devenu quelqu'un.

— Leurs radis blancs sont énormes ! a répété ma mère en sortant des légumes de son sac de courses et en les posant sur la table. Des gros radis blancs de la péninsule de Miura. On est en février, c'est la pleine saison. Ils sont vraiment beaux !

Elle avait acheté des pommes de terre, des carottes, des pommes. Toutes plus grosses les unes que les autres.

— J'en voulais un, mais mon sac était déjà trop lourd. Impossible de ramener quoi que ce soit d'autre.

Elle a sorti un chou chinois.

— Et si j'y retournais ? Non, j'aurais honte, et d'ailleurs, je dois aller au travail.

Ma mère semblait se parler à elle-même, mais je savais bien qu'elle s'adressait à moi, assis dans le canapé à regarder la télévision.

Elle m'avait dit qu'un centre social était rattaché à l'école primaire voisine. Je n'y étais jamais allé depuis notre emménagement dans cet appartement, à l'époque du collège.

Parmi l'éventail de cours et de conférences proposés, ma mère suivait de temps un temps un atelier d'*ikebana*.

Et aujourd'hui, comme tous les trois mois, avait lieu le « marché du centre social ». Des producteurs envoyaient des fruits et légumes à l'établissement, qui se chargeait de les vendre.

— Tu ne voudrais pas y aller à ma place, Hiroya ?

— D'accord…

J'ai pointé la télécommande vers le poste de télévision pour l'éteindre. En ce vendredi après-midi, je n'avais rien de prévu. De toute façon, je ne regardais même pas le divertissement, qui ressassait encore les mêmes sujets.

— Merci ! a-t-elle dit, les yeux plissés.

Je me sentais coupable d'être sans emploi et de paresser à la maison, à mon âge. Je pouvais au moins lui acheter un radis, même si j'avais conscience qu'elle me poussait dehors.

Quand je me suis levé, elle m'a vite tendu le sac de courses replié.

— Rapporte-moi un radis et des taros. Et aussi des bananes !

La liste s'était allongée…

Plongeant le sac à fleurs et mon porte-monnaie dans mes poches, je me suis dirigé vers la porte.

À mon arrivée à l'école primaire, le portail était fermé. Il semblait y avoir une seconde entrée pour le centre social. En suivant les panneaux, j'ai contourné l'école et je suis tombé sur un bâtiment blanc.

J'ai poussé la porte en verre : l'accueil était là. Derrière le comptoir se trouvait une pièce d'où est sorti un homme à la magnifique chevelure blanche.

— Bonjour ! Inscris ici ton nom et le motif de ta venue. Et l'heure, aussi.

Sur le comptoir étroit, une feuille de papier intitulée « Tableau des entrées » était fixée sur une planchette à pince. Plusieurs personnes avaient déjà signé, dont ma mère, et presque tous ayant écrit « marché », je les ai imités. J'ai précisé mon nom : Hiroya Suda.

Le hall n'était pas bien grand, mais la vente s'y tenait sur des tables rassemblées pour l'occasion. Fruits, légumes, pain. Les clients se faisaient rares. J'ai attrapé un peu au hasard les légumes demandés par ma mère.

Dans un coin, deux femmes bavardaient. L'une portait un sweat au nom d'une coopérative agricole et l'autre, un bandana rouge autour de la tête. Un tableau blanc affichait le mot « Caisse », alors j'y suis allé avec mes radis, taros et bananes.

Après avoir déposé les légumes avec fracas, j'extirpais mon porte-monnaie de ma poche lorsque je me suis écrié :

— Monger !

Les femmes m'ont dévisagé.

Une peluche de 5 centimètres de haut reposait à côté d'une assiette en carton où un « Bonjour ! » était écrit à la main.

Monger était un personnage de *21 Emon*, le manga de Fujiko Fujio. Il avait un corps rondelet et une petite spirale au sommet de son crâne pointu comme une châtaigne.

— Désolée, il n'est pas à vendre. Sayuri l'a fabriqué en feutrage à l'aiguille, a raconté la dame au bandana, tandis que je tendais la main vers la peluche. Elle me l'a offert quand j'ai emprunté un livre.

— Sayuri ?

— Sayuri Komachi, la bibliothécaire.

Doraemon constituait l'œuvre la plus célèbre de Fujiko Fujio. Parmi bien d'autres mangas renommés, *21 Emon* se faisait peu remarquer. Dans cette œuvre de science-fiction, on suivait Emon, le personnage principal, héritier de l'hôtel familial en difficulté. Selon moi, c'était le meilleur manga de Fujiko Fujio.

Impressionné, j'ai voulu savoir quel genre de femme était cette Sayuri Komachi. Inutile de lui parler. Je voulais seulement voir son visage.

J'ai rangé mes achats – excepté le radis, trop gros pour rentrer dans le sac, que j'ai glissé sous mon bras –, puis je me suis acheminé vers la bibliothèque, suivant les indications de la dame.

Je l'ai tout de suite trouvée, au fond du couloir.

Depuis le seuil, j'ai repéré à l'accueil une jeune fille coiffée d'une queue-de-cheval. Elle tapait à l'ordinateur les codes-barres d'une pile de livres, délicatement.

C'était elle !

Sayuri était plus jeune que je ne l'avais imaginé. Elle avait moins de 20 ans.

De petite taille, les yeux ronds et noirs, on aurait dit un écureuil. Elle était si mignonne et son nom lui allait si bien que j'ai craqué.

J'ai hésité à m'avancer. Mais c'était une bibliothèque, alors l'accès devait être libre et gratuit…

Je me penchais discrètement lorsque Sayuri m'a lancé un regard. Stupéfait, j'ai senti mes jambes se tétaniser aussitôt.

— Bonjour ! m'a-t-elle salué d'un ton chaleureux.

Perdant toute contenance, j'ai répondu :

— Euh… Bonjour.

Puis je suis entré.

À l'intérieur, le temps semblait s'être arrêté, à la différence d'une librairie où l'on trouvait de nouvelles publications. La pièce était plus petite que la bibliothèque de l'arrondissement. La nostalgie d'être entouré d'étagères s'est emparée de moi.

J'ai examiné l'endroit. Puis, prenant mon courage à deux mains, j'ai abordé Sayuri.

— Euh, vous avez des mangas ?

— Oui, quelques-uns, a-t-elle dit, le sourire aux lèvres.

Je n'avais pas parlé à une fille depuis une éternité. Sayuri était si douce que j'ai osé poursuivre la conversation.

— Vous aimez *21 Emon* ?

— *21 Emon* ?

— De Fujiko Fujio.

— Je connais *Doraemon*, c'est tout…, a-t-elle avoué en riant, gênée.

Surpris et attristé par cette réaction ordinaire, j'ai répondu avec hâte :

— Pourtant, une dame du marché m'a affirmé que vous lui aviez offert une peluche de Monger faite de vos mains !

— Ah ! Mme Muroi y tient beaucoup ! C'est Mme Komachi, la bibliothécaire, qui l'a confectionnée. Vous la trouverez au fond de la pièce, dans le coin Conseils. Je pense qu'elle pourra aussi vous proposer des mangas.

J'ai repris espoir. Il y avait donc une autre femme ! Dissimulée par la pile de livres, la jeune fille à la queue-de-cheval portait en effet à son cou un badge au nom de Nozomi Morinaga.

Confiant, j'ai rejoint le coin Conseils au-delà d'une cloison servant de panneau d'affichage.

Un seul coup d'œil derrière la cloison et mon cœur a failli bondir hors de ma poitrine. Retenant un cri d'effroi, j'ai aussitôt tourné les talons.

La jeune Sayuri Komachi était absente, contrairement à une femme gigantesque au visage intimidant, coincée derrière son bureau.

Je suis retourné à l'accueil.

— J'ai juste vu quelqu'un qui ressemblait à Genma Saotome en panda…

— Qui ça ?

— C'est dans *Ranma 1/2*. Au contact de l'eau froide, Genma se transforme en panda…

— Un humain qui se transforme en panda ? Oh, c'est mignon comme tout !

Non, ce panda-là était énorme, bourru et terrifiant. M'épargnant plus d'explications, j'ai demandé :

— Là-bas, c'est Mme Komachi ? Celle qui a fait la peluche ?

— En effet. Elle est très adroite de ses mains !

Ah…

J'étais perplexe, car je la croyais jeune, mais l'idée que Genma Saotome puisse fabriquer une peluche de Monger a généré en moi un tout autre intérêt. En dépit des apparences, nous avions peut-être matière à discuter.

— Vous pouvez me laisser vos achats, si vous voulez.

Nozomi a tendu la main. Attendri par son sourire, je lui ai remis mon sac de courses et le radis.

Ensuite, je suis retourné au coin Conseils. En observant mieux, la femme portait bien un badge au nom de Sayuri Komachi. Elle remuait la main, très concentrée sur sa tâche. Je me suis approché et je l'ai vue façonner une petite peluche. Elle plantait sans relâche une fine aiguille dans une pelote de laine toute ronde, les mains sur un tissu-éponge carré. Était-ce réellement ainsi que ça se fabriquait ?

Elle a stoppé son geste et levé la tête. J'ai été frappé de stupeur en croisant son regard.

— Qu'est-ce que tu cherches ?

Elle avait parlé.

Il n'y avait là rien d'extraordinaire en soi, mais comme Genma Saotome restait muet une fois transformé en panda, je ne m'y attendais pas.

Ce que je cherchais ? La réponse qui m'est venue à l'esprit, d'être interrogé par cette voix grave et profonde, m'a déstabilisé. Pris au dépourvu, les larmes ont envahi mes yeux.

Ce que je cherchais… Oui, je savais ce que c'était.

« Bon sang, pourquoi je pleure ? » ai-je pensé en essuyant ma joue.

Sans réagir, Komachi a baissé les yeux sur ses mains et s'est remise à manipuler l'aiguille.

— Rumiko Takahashi est douée, n'est-ce pas ?

— Quoi ?

C'était la dessinatrice de *Ranma 1/2*. Je croyais avoir murmuré, mais visiblement, elle m'avait entendu. Le surnom Genma Saotome l'avait sûrement froissée.

— J'aime bien *Urusei Yatsura* et *Maison Ikkoku* également. Mais ma série préférée est *Mermaid Saga*.

— Moi aussi ! Moi aussi !

Nous avons discuté de nos mangas favoris pendant un moment. *L'École emportée* de Kazuo Umezu, *Master Keaton* de Naoki Urasawa, *L'Empereur du pays du Soleil levant* de Ryôko Yamagishi... Il y en avait plein.

Chaque titre que j'évoquais, Komachi le connaissait. Elle n'était pas bavarde, mais ses commentaires concis étaient toujours pertinents, tandis que ses doigts étaient occupés avec la peluche. J'étais comblé.

Elle a ouvert une boîte orange à portée de sa main. Tout le monde connaissait le décor hexagonal et les fleurs blanches des Honey Dome du biscuitier Kuremiyadô. Ces cookies moelleux étaient un cadeau récurrent dans les réunions de famille. Je me souviens qu'autrefois, ma grand-mère en disait beaucoup de bien, tant ils étaient savoureux et faciles à manger.

Je me figurais en recevoir, mais Komachi y rangeait son matériel de couture. Elle réutilisait une boîte vide. Elle a planté l'aiguille dans un pique-aiguilles, a refermé le couvercle, puis m'a regardé.

— Malgré ta jeunesse, tu connais bien les vieux mangas !

— Mon oncle tenait un *manga café*. J'y allais souvent quand j'étais en primaire.

Cet établissement n'avait rien à voir avec les cafés Internet d'aujourd'hui. Comme son nom l'indique, c'était un café avec des mangas à disposition. À l'époque, il y avait quelques autres *manga cafés*.

Il n'y avait pas de box privatif, on consommait simplement une boisson à sa table en lisant autant de livres qu'on le désirait.

Ma mère avait commencé à travailler lorsque j'avais 7 ans. Après l'école, je me rendais, en vingt minutes à vélo, jusqu'au *manga café* Kitami, géré par son frère et son épouse. Je ne payais rien (même si je soupçonne ma mère de les avoir rémunérés par la suite), ils m'offraient du jus de fruits et me laissaient libre de vaquer à mes occupations. Alors j'y passais tout mon temps jusqu'au retour de ma mère, me plongeant dans la lecture des mangas garnissant les étagères.

C'est là que je les avais rencontrés. Mes « amis » tout droit sortis des mangas.

Je reproduisais les dessins et, peu à peu, j'avais commencé à adorer ça. Alors j'étais entré dans une école d'art après le lycée.

Mais je n'avais pas trouvé de travail ensuite. Aucune agence ne m'avait embauché en tant qu'illustrateur, le métier de mes rêves, et je ne savais pas comment choisir une entreprise dans un autre secteur. Je dessinais un peu, mais je n'avais nulle autre compétence, et si faire de l'illustration mon métier était irréalisable, toute autre profession m'était encore plus inaccessible.

Ma recherche d'emploi s'était mal terminée. Les petits jobs que j'avais ensuite trouvés étaient de courte durée, et aujourd'hui, j'étais sans emploi.

— Les mangakas sont vraiment forts. Je suis allé dans une école spécialisée, car je suis passionné de dessin, mais j'ai compris que travailler dans ce milieu m'était impossible.

Cette justification était bien maigre pour expliquer mon inactivité. Komachi a penché la tête en faisant craquer son cou.

— Pourquoi penses-tu cela ?

— Parce que seule une poignée de gens parviennent à en vivre. Et en dehors du dessin, je parie qu'il y a moins d'une personne sur cent qui vit de sa passion.

Elle a tourné la tête, l'index levé.

— Petit exercice de mathématiques.

— Quoi ?

— Une personne sur cent, c'est un pour cent.

— Oui.

— Mais puisqu'on fait soi-même le métier de ses rêves, c'est un sur soi-même. Donc, cent pour cent.

— Hein ?

— Tu as cent pour cent de chances d'y arriver.

— Euh…

Elle me racontait n'importe quoi avec son calcul. Conservant son expression patibulaire, elle n'avait pas l'air de plaisanter.

— Bon !

Komachi s'est rassise correctement et s'est tournée vers son ordinateur.

Et subitement, elle s'est mise à taper sur son clavier à toute vitesse. *Tatatatatatata !* La voyant faire, j'ai réagi du tac au tac :

— Vous êtes Kenshirô ou quoi ?

Ça me rappelait l'attaque des cent poings dans *Ken le Survivant*, un super-pouvoir permettant au héros de frapper avec une rapidité prodigieuse les points de pression de ses ennemis. Komachi a gardé le silence jusqu'à ce qu'elle ait terminé, puis elle m'a tendu une page imprimée.

— Tu ne le sais pas encore, mais tu es en vie, a-t-elle marmonné d'un ton menaçant.

Avec son air sérieux, j'ai eu un peu peur. Mais je savais qu'elle reprenait la réplique fétiche de Kenshirô : « Tu ne le sais pas encore, mais tu es déjà mort. »

La feuille de papier ne contenait qu'une seule ligne avec un titre de livre, son auteur et le numéro d'étagère.

Évolution : la théorie en images.

— C'est quoi, ce manga ?

— Je n'ai aucun manga à te conseiller. Aucun ne surpasse les trésors que tu as lus dans ton enfance.

Elle a ouvert les tiroirs de son bureau. Elle a sorti un objet du quatrième et l'a déposé dans ma main. C'était tout doux. Ce ne serait pas Monger, quand même ?

J'aurais apprécié, mais non. Il s'agissait d'un minuscule avion gris, aux ailes blanches et à la belle queue verte.

— Tiens, c'est un petit plus avec le livre. Pour toi.

Elle s'exprimait sans la moindre émotion. J'étais déconcerté, mais elle a ouvert la boîte de Honey Dome. L'air grincheux, elle a repris la confection de la peluche. J'ai compris à l'ambiance que si elle m'avait écouté un peu plus tôt, le rideau métallique était désormais baissé.

Contraint de m'en aller avec ma feuille de papier, je suis parti en quête de l'étagère. Le livre, situé dans le rayon Sciences naturelles, tout près du coin Conseils, était aussi large et lourd qu'une encyclopédie.

Sur une couverture entièrement noire figurait la photo d'un oiseau argenté. C'était un gros plan de son profil. Son bec, dont l'extrémité se courbait en une pointe, paraissait rigide, et d'épais cils surplombaient son grand œil. J'ignorais son sexe, mais sa tête évoquait le visage sublime d'une mannequin venue d'un pays lointain. Ça m'a rappelé *Phénix, l'oiseau de feu* d'Osamu Tezuka.

Le titre était écrit en caractères blancs. Il avait pour sous-titre : *Le Monde vu par Darwin et ses pairs*.

Ses « pairs » ?

Je me suis accroupi sur place et j'ai ouvert le livre. Il faisait un tel poids que je ne pouvais pas le lire debout.

La première moitié comportait de longs textes, le reste était constitué d'un magnifique album de photographies. Oiseaux, reptiles, végétaux, insectes... Chaque photo, d'une superbe composition, haute en couleur, était une œuvre d'art à part entière. Parfois, une phrase ou un paragraphe commentait le cliché.

Pourquoi Komachi m'avait-elle conseillé cet ouvrage ? C'était un mystère, mais les photos étaient vraiment splendides : colorées, inquiétantes et bizarres, elles me fascinaient. On aurait dit un univers imaginaire, même si les êtres photographiés existaient réellement.

Nozomi est passée près de moi pour ranger des livres.

— Désirez-vous une carte de lecteur ? Vous pouvez emprunter des livres si vous habitez l'arrondissement.

— Euh, non... Il est trop lourd. D'autant qu'aujourd'hui, j'ai le radis et les autres courses.

Derrière moi, a jailli la voix de Komachi, qui avait entendu mes protestations.

— Et si tu le lisais ici ?

Je me suis retourné. Elle me regardait.

— Je vais le mettre de côté avec une étiquette pour signaler qu'il est emprunté. Tu pourras venir le lire quand tu le souhaites.

Toujours accroupi, j'ai fixé Komachi. Incapable d'ouvrir la bouche, j'étais à nouveau au bord des larmes.

Une joie et un soulagement indescriptibles m'ont assailli. J'avais le droit d'être ici.

— Ça va prendre un certain temps pour tout lire ! a-t-elle dit en éclatant de rire.

J'ai hoché la tête docilement.

Le lendemain, samedi, j'ai pris le train, ce que je n'avais pas fait depuis bien longtemps.

Je me rendais à la réunion des anciens élèves de ma dernière année de lycée. Le genre d'événement auquel d'habitude, je n'assistais pas, mais cette fois, j'avais une bonne raison d'y aller.

Le jour de la remise de diplômes, nous avions enterré une capsule temporelle dans un coin de la cour du lycée. Sur un bout de papier de la taille d'une carte postale, chacun avait écrit ce dont il avait envie. Nous devions ouvrir la capsule lors de la réunion de nos 30 ans.

« En cas d'absence, l'organisateur vous enverra votre message sous quelques jours », avais-je lu sur l'invitation. Un frisson m'avait parcouru l'échine. J'aurais dû glisser le mien dans une enveloppe cachetée. Dans mon souvenir, nous avions simplement plié la feuille en quatre et écrit notre nom sur la partie extérieure.

Je devais récupérer mon message sans que personne ne le lise.

Un dîner au restaurant était prévu après l'ouverture de la capsule. J'avais spécifié que je ne participerais pas.

À 18 ans, nous imaginions accomplir de grandes choses à 30 ans. Et avoir résolu tous nos soucis.

Au lycée, j'étais heureux, car j'allais entrer dans une école d'art. Je passerais mon temps à dessiner, sans plus aucun cours de mathématiques ni de sport, matières dans lesquelles j'étais mauvais. Je me berçais de l'illusion qu'ensuite m'attendait la voie de dessinateur.

« Je serai un dessinateur dont le nom marquera l'Histoire. »

Tel était mon message. Ce souvenir me déprimait.

Quand je l'avais écrit, je ne me considérais pas comme talentueux et je ne me prenais pas trop au sérieux. C'était sous le coup de la jeunesse, de l'impulsion du moment. J'espérais trouver un emploi dans un environnement me permettant de dessiner, sans pour autant penser marquer l'Histoire.

Je n'avais pas franchi le portail du lycée depuis l'obtention de mon diplôme douze ans plus tôt.

Dans un angle de la cour, une foule était déjà attroupée sous un immense hêtre du Japon. Près du pied de l'arbre était posée une pancarte en plastique pareille à une pierre tombale : « Réunion du lycée – Capsule temporelle ».

Sugimura, l'organisateur et ancien délégué de classe, tenait une énorme pelle. Sous une doudoune de luxe, on entrapercevait une chemise élégante.

Lorsque je me suis approché, certains ont levé le nez, m'ont salué d'un signe de tête ou de la main. Rien de plus. Tous ont repris leur conversation avec leurs voisins. Peut-être ne se souvenaient-ils pas de moi.

J'attendais sous l'arbre lorsqu'on a appelé mon nom.

— Hiroya !

Je me suis retourné sur un petit homme mince. C'était Seitarô. Nous n'étions pas amis, mais malgré mon caractère taciturne, j'arrivais à discuter avec lui. Calme, le nez dans les livres, il n'était pas du genre à aller vers les autres. Nous avions échangé quelques cartes de vœux depuis le lycée et c'est ainsi que j'avais appris qu'après la fac, il avait trouvé un emploi au service des eaux.

Il m'a souri amicalement.

— Tu as l'air en forme !

— Toi aussi !

J'ai baissé la tête. Je ne voulais pas qu'il m'interroge sur ce que j'étais devenu.

Deux hommes nous ont rejoints. L'un s'appelait Nishino. L'autre, je ne m'en rappelais pas. Il était le garçon le plus turbulent de la classe. Nous ne nous étions jamais adressé la parole.

— Eh, mais c'est Seitarô !

Nishino s'est avancé vers nous avec un rictus. Il m'a jeté un bref coup d'œil, visiblement sans aucune intention de me saluer. J'ai détourné la tête.

— Apparemment, tout le monde est là, alors on va commencer ! s'est écrié Sugimura.

Nous nous sommes rassemblés autour de lui.

Nous l'avons observé soulever la terre en retenant notre souffle, jusqu'à entendre un bruit métallique. L'extrémité de la pelle avait touché la boîte.

De sa main gantée, Sugimura l'a dégagée. J'ai aperçu une terne teinte argentée dans un sac plastique. Les clameurs ont jailli sitôt la boîte sortie de terre.

Sugimura a extrait du sac une boîte de gâteaux scellée avec du gros scotch. Durant douze ans, nos messages avaient reposé dans le sol.

Avec précaution, l'ancien délégué a retiré le scotch, puis ouvert le couvercle. La boîte était remplie de papiers jaunis, pliés de diverses façons.

Sugimura a cité le nom de chacun en rendant les messages. À la lecture de ce petit mot, certains riaient, se le tendaient, le lisaient à haute voix. Tout le monde s'amusait.

C'étaient des rêves d'avenir, des déclarations d'amour, des médisances tenues secrètes.

Ils s'extasiaient tant, j'ai vu combien ils étaient sûrs d'eux. Trente ans. Leur vie était stable, chacun avait son travail et son foyer. Bien entendu, ils n'étaient plus lycéens. Mais des adultes ayant retiré leur uniforme qui avaient ensuite évolué dans différentes directions.

Enfin, j'ai entendu mon nom. J'ai reçu le papier de Sugimura et, sans le déplier, je l'ai mis dans la poche de mon blouson. Voilà, j'en avais terminé. J'ai poussé un soupir de soulagement.

Seitarô a été appelé. Il a ouvert son papier avec délicatesse.

— Alors, comme ça, on se prend pour un intellectuel ? a lancé Nishino derrière son épaule.

Au milieu du papier qu'il tenait entre ses mains, Seitarô avait inscrit d'une écriture soignée : « Je deviendrai écrivain. »

— C'est vrai qu'au lycée, t'avais envoyé un texte à une revue littéraire ! T'écris toujours des bouquins ? a raillé Nishino.

— Oui, a répondu Seitarô avec sang-froid.

— Ah ouais ? Et t'as été publié ?

Son ton sous-entendait que c'était impossible. L'autre gars, celui dont j'avais oublié le nom, s'est approché.

— Quoi ? Tu publies des bouquins ?

— Pas encore. Mais je continue à écrire, a répondu Seitarô avec un sourire.

Nishino a ri à gorge déployée.

— Énorme ! Même à ton âge, tu lâches pas ton rêve !

En rage, j'ai lancé un regard noir à Nishino.

« La ferme ! Tu n'as pas le droit de te moquer de Seitarô ! Excuse-toi ! Son roman est super intéressant ! Moi, je l'ai adoré. Tu n'en savais rien, hein ? Tu te prends pour qui à lui parler sur ce ton ? Tu es un bel enfoiré de te payer sa tête alors qu'il s'accroche à son rêve ! »

Ces paroles, je les avais criées intérieurement.

Sans même remarquer mon coup d'œil furibond, Nishino et son acolyte ont rejoint trois femmes près de nous avec qui ils ont discuté chaleureusement.

Autrefois, Seitarô m'avait fait lire son livre. Lors d'une pause, il était venu s'asseoir à côté de moi, en plein dessin. Il m'avait complimenté sincèrement, puis il m'avait présenté un cahier de notes en me demandant : « Tu veux bien lire mon roman ? » À vrai dire, je m'en souvenais mal, mais ce manuscrit m'avait beaucoup ému.

— Je rentre.

J'ai fait quelques pas, puis Seitarô m'a rapidement rattrapé.

— Attends, je t'accompagne.

Il était si frêle. Tout était fin chez lui, même son cou, ses doigts, ses cheveux.

— Tu ne vas pas au dîner ?

Il a secoué la tête avec énergie.

— Moi non plus, ai-je ajouté.

Laissant derrière nous le groupe qui jacassait, nous avons franchi le portail. Personne ne nous portait attention.

Nous avons atteint la gare en discutant de sujets futiles. Le hêtre avait bien poussé, l'hiver était doux. En passant devant le magasin de beignets Mister Donut, il m'a proposé, l'air motivé :

— Ça te dit d'aller boire un café ?

À son rire embarrassé, je me suis moi aussi senti gêné, alors j'ai répondu « Ouais » sans le regarder. Mal à l'aise, nous sommes entrés et nous avons commandé des boissons avant de nous installer.

— Je me souviens que tu étais doué en dessin. Tu as fréquenté une école d'art, non ? a demandé Seitarô, assis face à moi.

— Oui, mais j'ai tout raté. On m'a dit que mes illustrations n'étaient pas pour le grand public. Qu'elles étaient effrayantes et révélaient une obsession.

— Ah bon ? Moi, on m'a répété que mon roman était trop classique. Fade, sans suspense. Je l'ai envoyé à pas mal de prix littéraires pour débutants, et c'est ce qu'on m'a dit les rares fois où j'ai eu un retour.

Il a ri gaiement, puis a bu son café au lait. J'ai éprouvé du respect pour lui.

— Depuis tout ce temps, tu continues à écrire. Je trouve ça génial.

— Je m'y mets le soir et le week-end. En semaine, je travaille.

Il avait raison.

Même si son emploi ne correspondait pas à son projet premier, il travaillait tout de même, il payait les factures et poursuivait ses efforts en vue de réaliser son rêve. J'avais une grande estime pour lui, en tant qu'adulte actif et en tant qu'homme gardant le cap sur son objectif.

— Le service des eaux, c'est sécurisant.

Ma remarque était désuète. Seitarô a pris sa tasse à deux mains.

— Mais quelle profession l'est réellement ?

— Fonctionnaire, comme toi, ou employé dans une grande entreprise.

Il a secoué la tête négativement.

— Ça n'existe pas. Aucun métier ne l'est vraiment. Tous les emplois reposent sur un équilibre précaire.

Malgré la douceur de son visage, il parlait très sérieusement.

— Rien n'est totalement acquis, de même que rien n'est totalement raté. Personne ne sait ce qu'il en est, a-t-il murmuré en se mordant la lèvre.

Voilà pourquoi il tenait à son rêve.

Je me suis souvenu des paroles de Nishino. De nouveau irrité, j'ai serré les poings.

— Seitarô, tu dois devenir écrivain pour prouver à Nishino son erreur.

Avec un petit rire, il a secoué la tête une seconde fois.

— Les gens qui se moquent de moi aujourd'hui se moqueront aussi demain, quoi qu'il arrive. Ils se focaliseront sur des détails. Je me fiche de l'avis de ceux qui n'ont pas lu mon livre.

Il a vidé sa tasse de café et m'a fixé.

— Ça ne m'intéresse pas de prouver aux autres qu'ils ont tort, de me servir de ma frustration. Ce n'est pas ce qui me stimule.

J'ai aperçu une lueur au fond de son regard. Seitarô était un homme calme, mais déterminé. Je l'enviais un peu, lui qui, dans un corps si menu, possédait cette force le poussant à avancer.

— Tu ne crains pas de vieillir sans que ton roman soit reconnu à sa juste valeur ?

— Hum…, a-t-il réfléchi, les yeux au ciel. Si, mais Haruki Murakami a publié son premier roman à 30 ans. Il y a travaillé avec acharnement durant une décennie.

— Ah bon !

— Mais comme je vais bientôt passer la barre des 30 ans, je me suis empressé de chercher l'écrivain suivant : Jirô Asada a fait ses débuts à 40 ans.

— Ah, ça te laisse dix ans de répit !

Il a ri de bon cœur.

— Même si je le dépasse, d'autres auteurs ont été édités après. Il n'y a pas de limite d'âge pour publier. Chacun a son propre timing.

Ses joues se sont empourprées.

Il m'a proposé de garder le contact, alors pour la première fois de ma vie, j'ai installé une application de messagerie instantanée sur mon téléphone.

Le lendemain, suivant la suggestion de Komachi, je suis allé à la bibliothèque du centre social.

La pièce était déserte. Le silence régnait, rarement interrompu par la visite éclair d'un retraité.

Sans un mot, Komachi a déposé *Évolution : la théorie en images* à l'accueil. Un papier retenu par un élastique disait : « Emprunté ». Je pouvais vraiment le lire quand je le souhaitais. Après un timide remerciement de la tête, j'ai saisi le livre, je me suis assis à la table de lecture en face du comptoir, puis j'ai ouvert l'ouvrage.

Sur la première page de l'Avant-propos, les mots « sélection naturelle » m'ont sauté aux yeux.

J'avais appris cette théorie à l'école. Les êtres qui s'adaptent à leur environnement subsistent, ceux qui ne le peuvent pas disparaissent naturellement... Une phrase en particulier m'a tourmenté :

« Les mutations favorables sont transmises, les mutations non favorables disparaissent. »

Favorables, non favorables...

Pour qui ?

Perturbé, j'ai continué à lire et je suis tombé sur un nom qui m'était inconnu : Wallace. J'ai tourné les pages, rapprochant le livre de mon visage.

Quand on évoque la théorie de l'évolution, on pense aussitôt à Darwin. Charles Darwin, auteur de *L'Origine des espèces*. Mais dans son ombre se tenait un autre homme : Alfred Russel Wallace.

Un naturaliste plus jeune que Darwin de quatorze ans.

Tous deux étaient des chercheurs passionnés, portant un vif intérêt aux scarabées. Mais leurs vies et leurs personnalités étaient diamétralement opposées.

Darwin le fortuné, Wallace le nécessiteux. Chacun, à sa façon, avait conclu à la théorie de l'évolution par la sélection naturelle.

Mais à l'époque, on croyait en la vision biblique de la Création, où l'Univers aurait été créé par Dieu. Or les contestataires étaient condamnés avec violence.

Darwin craignait de publier sa théorie, là où Wallace n'avait pas hésité. Alors Darwin s'était affolé.

« Refusant d'être devancé sur cette théorie qu'il avait mûrie durant des années, sa seule alternative était la publication. Darwin s'est décidé. »

Il s'était hâté de publier *L'Origine des espèces*. Depuis, ce texte et son auteur étaient connus dans le monde entier.

Toujours déstabilisé, j'ai poursuivi ma lecture, secouant la tête de dépit de lire ce que Wallace disait de Darwin : « Nous étions bons amis. »

Tu le pensais vraiment, Wallace ?

Il s'était risqué à publier le premier. Pourtant, seul Darwin avait été couvert de lauriers. C'était injuste.

Moi aussi, cela m'était parfois arrivé en école d'art. Après un bref coup d'œil sur mon dessin, mon voisin en imitait la composition ou un détail. Il était largement plus doué que moi, son travail était très apprécié. « Ne me copie pas, c'est mon idée ! » pensais-je à chaque fois. Malgré cela, je n'ai jamais rien dit. Il m'aurait répondu : « J'ai eu la même idée que toi, c'est tout ! » Au final, triomphait celui que tous admiraient déjà.

Avec un gros soupir, j'ai tourné la page.

Une photographie d'un oiseau fossilisé figurait en pleine page. Le commentaire décrivait un *Confuciusornis* ayant vécu au crétacé. Il semblait endormi, les ailes écartées, le bec entrouvert. Admirer ce squelette entier magnifiquement conservé m'a soudain donné envie de le dessiner. Je n'avais pas ressenti cela depuis longtemps. Il me fallait un crayon, et vite.

Je me suis souvenu de la feuille remise par Komachi, que j'avais glissée dans le livre. Puis je suis allé à l'accueil emprunter un stylo-bille à Nozomi.

Le verso de la feuille blanche, un stylo-bille noir.

Cela me suffisait. Observant le fossile de *Confuciusornis*, je l'ai reproduit avec soin. J'étais absorbé par ma tâche. Un oiseau naissait à la pointe de mon crayon. Avant que je m'en aperçoive, il reprendrait vie.

Je me suis abandonné à mon imagination, dépassant le simple recopiage. L'oiseau vivait, sous forme de squelette. Il pourfendait le mal grâce à des faucilles tranchantes au bout des ailes. Malgré son allure affreuse, il administrait la justice en secret. Ses cavités oculaires hébergeaient de petits poissons rouges.

J'étais tellement plongé dans mon dessin que je n'ai réalisé la présence de Nozomi à côté de moi qu'à la fin. Son cri m'a fait sursauter. J'en connaissais la signification. Elle était écœurée.

Bien au contraire, elle s'est écriée, les yeux brillants :

— Madame ! Venez voir le superbe dessin d'Hiroya !

Mon cœur a vacillé, cette fois empli de sentiments positifs. Parce qu'elle m'avait appelé par mon prénom – sûrement mémorisé lors de la création de ma carte de bibliothèque – et parce qu'elle appréciait mon dessin.

Komachi s'est levée lentement et s'est éloignée de son bureau. D'une démarche chaloupée, elle s'est rapprochée de ma table et s'est tenue debout près de moi avant d'émettre un marmonnement curieux.

— Comme c'est original ! a-t-elle approuvé.

— Il devrait participer à un concours, vous ne croyez pas ? a proposé Nozomi.

— Non, c'est peine perdue.

J'allais froisser mon dessin lorsque Nozomi m'a arrêté avec empressement.

— Attendez ! Si vous comptez le jeter, je peux l'avoir ?

— Sérieusement ? Mais il fait peur.

— J'aime beaucoup !

Elle m'a arraché la feuille des doigts et l'a plaquée contre sa poitrine, à deux mains.

— C'est horrible, humoristique et, quelque part, plein d'amour.

J'étais si heureux d'être compris que mon cœur a palpité. Mais je ne devais pas m'emporter. Ses paroles ne visaient qu'à me faire plaisir.

Quoi qu'il en soit, l'oiseau-squelette, destiné à la poubelle, avait échappé à la mort grâce à Nozomi. Me sentant autorisé à revenir le lendemain, j'ai esquissé un sourire discret.

Le jour suivant, à mon arrivée à la bibliothèque, Mme Muroi, la femme au bandana, faisait le ménage dans le couloir. Elle essuyait une rambarde avec un chiffon.

— Bonjour ! Aujourd'hui, Mme Komachi est absente, m'a-t-elle annoncé.

— Ah bon.

Je me suis rappelé que je fréquentais la bibliothèque grâce à cette dame.

— Vous l'avez appelée familièrement par son prénom, alors j'étais persuadé qu'elle était jeune, ai-je grommelé.

Mme Muroi a éclaté de rire.

— Du haut de mes 62 ans, c'est une jeune fille ! Elle n'a que 47 ans !

Une « jeune fille » de 47 ans. Moi, je me sentais vieux à 30 ans. La jeunesse et la vieillesse semblaient deux notions toutes relatives.

Je trouvais que Komachi n'avait pas d'âge. En réalité, c'était une personne ordinaire.

— Vous aimez Monger ? ai-je demandé.

— Monger ! a soudain hurlé Muroi.

Elle l'imitait. De surprise, je me suis reculé, ce qui a laissé Mme Muroi hilare.

— J'adore Monger, l'être absolu !

En effet, sous ses airs insouciants, ce personnage était un « être absolu » qui supportait la chaleur et le froid extrêmes, et qui avalait n'importe quoi pour le transformer en énergie. Il avait aussi la téléportation comme corde à son arc.

— Pourtant, il boude s'il est livré à lui-même et pleure s'il est triste. Malgré son corps surpuissant lui permettant de survivre partout et ses pouvoirs exceptionnels. Dans ce cas, qu'est-ce que la force ?

Ces paroles profondes m'ont rendu muet.

— Il y a trois ans, à l'arrivée de Sayuri, je lui ai dit que j'aimais Monger. Quand je lui ai demandé de me conseiller un livre de recettes, elle m'a offert une petite peluche en feutrage à l'aiguille. Très émue, j'ai dit que c'était un excellent petit plus, expression qu'elle a adoptée.

L'inventrice du « petit plus » était donc Mme Muroi !

— Vous semblez bien vous entendre avec elle.

— Oui ! a-t-elle répondu en s'accroupissant pour rincer son chiffon dans un seau. Mais je démissionne fin mars.

Elle a levé les yeux vers moi, avec un sourire plein de fierté.

— Ma fille accouche en avril. Je vais être mamie ! Pendant quelque temps, je veux l'aider à s'occuper du bébé et j'en profite pour prendre ma retraite. Une personne sera recrutée pour me remplacer.

Dans cette structure, le personnel était embauché à l'année, avec un contrat reconductible si les deux parties y consentaient.

— Il me reste un peu plus d'un mois ! a précisé Mme Muroi avant de prendre le seau et de s'en aller.

À mon entrée dans la bibliothèque, Nozomi m'a souri.

Comme l'avait annoncé Mme Muroi, Komachi n'était pas là. Au bord de son bureau, *Évolution : la théorie en images* m'attendait, avec un élastique. Elle l'avait posé là pour que je le prenne librement.

Aujourd'hui encore, la bibliothèque était calme et très peu fréquentée. Ayant toute la table de lecture pour moi, j'ai ouvert le livre tranquillement.

Histoire ancienne, oiseaux, animaux à sang froid. Arrivé à la moitié du livre, j'en étais au chapitre sur les plantes. J'étais subjugué par la vivacité de la dionée attrape-mouche, lorsque j'ai senti un regard. J'ai levé la tête : Nozomi m'observait depuis son bureau.

Me voyant surpris, elle a affiché un large sourire. Je me suis empressé de lui parler pour dissimuler mon trouble :

— Vous devez trouver affligeant qu'à mon âge, je sois sans emploi et que j'admire une dionée attrape-mouche à la bibliothèque !

Elle m'a fait signe que non, sans se départir de sa mine réjouie.

— Pas du tout ! Vous regarder me rappelle quand j'étais à l'école, parce que je passais mon temps à l'infirmerie. C'est légèrement différent, mais je crois que je vous comprends.

Elle passait son temps à l'infirmerie ?

Devant mon incompréhension, elle a poursuivi :

— Avant de travailler ici, Mme Komachi, mon enseignante, était infirmière scolaire. Depuis, je suis son élève. Je n'arrivais plus à mettre les pieds en classe à une période, alors je restais à l'infirmerie.

Il est vrai qu'elle avait appelé Komachi « Madame », comme on le ferait avec une professeure. J'avais supposé que c'était parce qu'elle lui apprenait le métier de bibliothécaire, mais il ne s'agissait pas de ça.

— Pourquoi vous n'alliez plus en classe ? ai-je demandé.

— Pour la même raison que d'autres ne le peuvent pas non plus ! a-t-elle ri.

Je voyais très bien ce qu'elle sous-entendait.

Ignorant si nous pouvions en discuter de façon aussi désinvolte, je me suis contenté d'un signe de tête.

— J'avais peur des voix fortes. En primaire, les enfants rient et hurlent pour un rien. Je supportais mal qu'un enfant se fasse gronder, comme si j'étais responsable, alors j'étais toujours apeurée. On est tous sensibles à ce genre de comportement, non ? Mais on me jugeait bizarre et asociale. Je n'étais pas directement victime de harcèlement, disons que je me sentais ignorée, je n'avais pas ma place.

J'ai senti à son ton enjoué combien elle avait souffert.

— Quand j'ai voulu arrêter l'école, ma mère et ma maîtresse, après discussion, m'ont autorisée à rester à l'infirmerie. Le premier jour, mon enseignante… je veux dire, Mme Komachi, m'a expliqué que ma rédaction sur mes lectures de l'été était passionnante. Elle avait lu plusieurs textes placardés dans le couloir. Et elle ne mentait pas : elle a spécifié les détails qu'elle avait aimés. J'étais ravie, à tel point que dès que je lisais un livre, j'écrivais un compte rendu et le lui remettais.

Elle a lentement parcouru du regard les étagères pleines de livres et a repris sereinement :

— Il m'a fallu un certain temps pour retourner en classe, peu à peu. Quand j'étais au lycée, Mme Komachi a été recrutée ici en tant que bibliothécaire, et à l'obtention de mon diplôme, je lui ai demandé conseil, car je voulais faire ce métier. Alors elle m'a proposé d'être son assistante.

— Ah oui ?

— D'abord je prendrais des cours pour ce poste, et après deux ans d'expérience, je suivrais une formation pour être bibliothécaire.

— Deux ans d'expérience !

— Si on a son diplôme du lycée. Cette deuxième formation dure trois mois, et s'ajoute aux trois années consacrées au poste d'assistante. On peut aussi passer par l'université, choisir les matières nécessaires et obtenir son diplôme, mais ce n'était pas envisageable financièrement pour ma famille. D'autant que je voulais travailler au plus tôt.

Cette voie s'avérait plus longue que je ne l'aurais cru. Devenir bibliothécaire était ardu.

J'ai exprimé mon ressenti profond :

— C'est fantastique d'avoir su très tôt ce que vous vouliez faire. Vous n'avez pas perdu de temps !

— Vous non plus ! Après le lycée, vous êtes allé en école d'art, non ?

— Je n'y étais pas à ma place. On me disait que mes dessins étaient sinistres, morbides et sombres.

Elle a penché la tête sur le côté. Un peu comme Komachi.

— Euh…

Nozomi a réfléchi intensément, en roulant des yeux. Puis, elle s'est subitement tournée vers moi.

— Le porc à la sauce aigre-douce ! s'est-elle écriée.

— Hein ?

— Qu'est-ce que vous pensez de l'ananas dans ce plat ?

De quoi me parlait-elle, tout à coup ?

Devant mon air interrogatif, Nozomi, rouge comme une tomate, s'est vite expliquée :

— Plein de gens détestent ça. Selon eux, c'est inadmissible. Alors, pourquoi ça existe encore ?

— Je ne sais pas.

— Parce qu'une minorité adore ce plat. C'est une question de goût. Même si la majorité ne l'accepte pas, son existence est protégée grâce à cette minorité !

— …

— Moi, j'adore ! Et j'adore aussi votre dessin !

Je me suis détendu. J'étais heureux. Nozomi m'encourageait de son mieux. « Adorer », quel mot salvateur ! Il me donnait l'impression que mon dessin et moi étions reconnus. Même si ce n'était que de la flatterie.

De bonne humeur, je suis rentré chez moi et j'ai trouvé ma mère au téléphone.

Elle s'exprimait d'une voix enjouée. J'ai su aussitôt qui était son interlocuteur.

— Ton grand frère rentre au Japon en avril ! a-t-elle déclaré après avoir raccroché.

Ces mots m'ont fait l'effet d'un coup de poing dans la figure.

— Il revient travailler à Tokyo, dans la maison mère de son entreprise. Un nouveau poste a été créé et c'est lui qui a été choisi.

Et voilà.

L'heure était venue.

Pour cacher mon désarroi, j'ai lancé un « D'accord » et je suis allé dans la salle de bains.

J'ai ouvert le robinet, l'eau a coulé.

J'ai frotté mes mains avec énergie. Je me suis lavé le visage. À grande eau.

La phrase d'*Évolution : la théorie en images* m'a traversé l'esprit.

« Les mutations favorables sont transmises, les mutations non favorables disparaissent. »

Mon frère… avait toujours été brillant.

Lorsque j'étais à l'école primaire, mes parents avaient divorcé et nous avions vécu à trois avec ma mère.

Mon frère, qui allait au collège, s'était mis à étudier avec ferveur. Il était en colère contre mon père et notre environnement familial qui avait changé. Quand je m'adressais à lui, il grimaçait, comme si je l'ennuyais.

Bien que frères, nous étions totalement différents. Déprimé et anxieux, mon seul désir était de me faire tout petit. Je pensais devoir ne pas le déranger dans notre minuscule maison. Alors à la sortie de l'école, je me réfugiais au *manga café* de mon oncle.

Mais cela avait cessé après l'école primaire. Ma mère avait décidé de quitter la campagne pour Tokyo afin de décrocher un emploi et de nous élever, mon frère et moi.

Il avait été exonéré à titre exceptionnel des frais d'université et dès sa sortie de la fac, avait obtenu un poste dans une entreprise commerciale. Grâce à lui, ma mère avait quitté son emploi épuisant à plein temps pour un job à mi-temps dans sa boulangerie favorite.

Il y a quatre ans, mon frère avait été muté en Allemagne, ce que j'avais vécu comme une délivrance.

Comparé à lui, j'étais le raté de la famille.

Moi aussi… moi aussi, j'avais fait de mon mieux pour dénicher un travail. Mais je n'avais pas réussi. Après mes études, j'avais trouvé un emploi de représentant dans la vente de manuels scolaires auprès de familles et d'écoles de cours particuliers. La journée, j'effectuais mes tournées, et le soir, je passais des appels téléphoniques depuis l'entreprise. J'étais si tendu à l'oral que j'étais un poids pour les autres : je me sentais vraiment comme un moins-que-rien. Mon supérieur et mes collègues s'énervaient sans cesse contre moi en raison de mon incapacité à atteindre les quotas. Ils me disaient d'y mettre plus de bonne volonté, que j'étais nul.

Un mois plus tard, mon corps avait refusé de bouger. Je n'avais plus quitté mon futon. Lorsque j'arrivais à me traîner jusqu'à l'entrée, mon cerveau se bloquait au moment d'enfiler mes chaussures, mon corps tout entier se rigidifiait et les larmes roulaient sur mes joues. Plus je m'obligeais à y aller, moins mon corps fonctionnait.

Ma mère s'était gentiment chargée de toutes les formalités de démission. J'étais d'une impuissance totale et d'une paresse irrépressible, au-delà de ce que je pensais.

Suite à ma démission, je m'étais un peu reposé, mais je savais qu'il me fallait un petit job. Néanmoins, incapable d'accomplir rapidement plusieurs tâches simultanées dans des supérettes ou des fast-foods, je commettais tant d'erreurs, j'étais un tel fardeau que je ne tenais pas plus de deux semaines. Après une journée de travail dans une entreprise de déménagement, j'avais eu le dos bloqué et j'avais quitté mon poste dès le lendemain.

J'étais lent d'esprit, maladroit à l'oral, faible physiquement. Il n'existait aucun emploi à ma portée.

Ma mère était radieuse.

Je comprenais. Son fils joyeux et talentueux, celui sur qui elle pouvait compter, reviendrait près d'elle.

— On ira le chercher à l'aéroport ! a-t-elle décidé.

Non merci.

Mon frère rentrerait d'un pays étranger à bord d'un avion. Moi, je ne l'avais jamais pris.

Avec mon frère et sa belle réussite professionnelle à la maison, je deviendrais le « non favorable » des deux.

Je me suis souvenu de l'avion de Komachi.

Autrefois, les humains enviaient certainement les oiseaux volant dans le ciel.

Mais ils savaient que l'évolution ne leur ferait jamais pousser d'ailes. Alors ils ont créé l'avion.

Je ne pouvais ni devenir un oiseau ni construire un avion. Je ne pouvais pas voler dans le ciel.

« Qu'est-ce que tu cherches ? »

À cette question de Komachi m'était aussitôt venu à l'esprit : « Un endroit tranquille, rien qu'un seul, où je serais accepté… »

Je le cherchais encore.

Le lendemain, Nozomi était en congé à son tour.

J'ai été désorienté de trouver Komachi à l'accueil de la bibliothèque. Elle avait apporté sa boîte à couture et confectionnait une peluche, comme à son habitude.

Je me suis dirigé vers ma table.

— Quelle passion ! ai-je murmuré, un regard en coin à Komachi.

— Autrefois, une fille qui venait à l'infirmerie s'occupait de cette manière, a-t-elle dit sans lever les yeux. Au début, je croyais qu'elle aimait simplement les activités manuelles, mais à force de l'observer, j'ai réalisé quelle concentration était nécessaire pour planter l'aiguille dans la pelote de laine. Je l'ai compris davantage en m'y essayant. Petit à petit, ça apaise les angoisses et la morosité. Cette jeune fille trouvait un équilibre comme ça. C'est grâce à elle que j'ai appris cette technique.

Ainsi, Komachi connaissait elle aussi les angoisses et la morosité. Elle qui semblait imperturbable.

Je me suis installé et j'ai ouvert *Évolution : la théorie en images*.

Lire a relaxé mon cœur, ébranlé depuis la veille au soir. La présence de Komachi me faisait du bien, elle qui remuait les doigts tout près de moi, sans me porter attention ni me rejeter. Tout comme le fait qu'elle m'ait permis de lire ici à loisir.

Mais c'était provisoire. Je ne pouvais pas passer le reste de ma vie dans cette bibliothèque. Les élèves se réfugiant à l'infirmerie finissaient par obtenir leur diplôme, mais le tournant de ma vie ne me tomberait pas dessus par miracle. Personne ne déciderait à ma place du moment où il se produirait.

La sélection naturelle. Les êtres qui ne s'adaptaient pas à leur environnement périssaient.

Alors, mieux valait que je disparaisse. Pourquoi vivre dans la souffrance, sachant que je ne m'adapterais pas et qu'on me considérerait telle une mutation non favorable ?

J'aurais pu subsister avec mes maigres compétences si j'avais eu un minimum de capacités pour m'adapter à ce monde. Même si ça impliquait de me conduire en lâche.

Je suis arrivé à cette conclusion, mais j'éprouvais seulement la douleur de celui qui, en agissant de la sorte, finissait perdant. Comment Wallace, qui n'avait jamais eu son moment de gloire, pouvait-il sincèrement voir en Darwin un « bon ami » ?

Je me suis affalé, bras croisés, sur le livre ouvert.

— Que t'arrive-t-il ? a chuchoté Komachi d'une voix monotone.

— Darwin est un sale type. Pauvre Wallace. Il a été publié en premier, mais on ne parle que de Darwin. Je n'avais même jamais entendu le nom de Wallace avant de découvrir ce livre.

Un silence s'est installé. J'étais toujours prostré sur l'ouvrage tandis que Komachi plantait l'aiguille sans rien dire.

Finalement, elle a repris la parole :

— Il faut être prudent avec les biographies et les livres d'histoire.

J'ai relevé la tête. Elle a continué, les yeux plantés dans les miens :

— N'oublie pas qu'il s'agit seulement d'une opinion. Seules les personnes concernées connaissent la vérité. Quand tout repose sur la tradition orale, chacun y va de son avis. Des quiproquos naissent même dans l'ère instantanée d'Internet, alors pour des événements aussi anciens, on ne saura jamais ce qui s'est réellement passé.

Elle a fait craquer son cou.

— Mais au moins, maintenant, tu connais Wallace. Tu penses à lui. Est-ce que ça ne signifie pas que tu lui as créé un lieu où il vit encore ?

Moi, j'aurais créé cet endroit ?

Penser à quelqu'un suffisait-il à lui créer un espace de vie ?

— En plus, Wallace est très célèbre. Il s'est aussi distingué grâce à la « ligne Wallace », une frontière géographique séparant deux zones où vivent des espèces différentes. Je pense que ses travaux sont reconnus. Et dans son sillage, il y avait une foule de personnes remarquables dont le nom n'est pas passé à la postérité.

Komachi a posé l'index sur son front.

— Mais revenons à *L'Origine des espèces*. J'ai été médusée de découvrir que ce texte avait été publié en 1859.

— Pourquoi ?

— Ça n'a que cent soixante ans ! C'est tout récent !

« Tout récent »... Vraiment ? Je réfléchissais, sourcils froncés, lorsque Komachi a palpé son épingle à cheveux.

— Quand on approche de la cinquantaine, on réalise qu'un siècle, c'est bien peu de chose. J'ai l'impression qu'avec un petit effort, je pourrais vivre cent soixante ans !

Elle avait raison. Si quelqu'un le pouvait, c'était elle.

Silencieuse, elle a repris son travail d'aiguille.

Je suis revenu à mon livre, avec une pensée pour les collègues de Wallace qui avaient été oubliés.

Alors que je sortais du centre social, mon téléphone a sonné.

C'était Seitarô. En panique, je me suis immobilisé. Je n'avais pratiquement jamais reçu d'appel d'un ami.

— Hiroya ? Je... je...

À l'autre bout du fil, il sanglotait. J'étais inquiet.

— Ça va ?

— Je vais être publié...

— Quoi ?

— Je ne te l'ai pas dit, mais en fin d'année, j'ai reçu un mail de Mme Sakitani, une éditrice des éditions de l'Érable. Lors d'un salon du livre à l'automne, je lui ai remis un extrait de mon roman. Et elle l'a lu ! Nous avons eu plusieurs rendez-vous, modifié certains passages, et aujourd'hui, le projet a été approuvé !

— Incroyable ! Je suis tellement content pour toi !

J'en tremblais.

Oui, c'était incroyable. Seitarô avait réalisé son rêve.

— Tu es celui à qui j'avais le plus envie de l'annoncer.

— Ah bon ?

— Tout le monde pensait que je ne serais jamais écrivain. Au lycée, tu étais le seul à trouver mon roman intéressant, à m'encourager pour que je continue à écrire. Tu les as peut-être oubliés, mais ces mots ont été mon moteur, mon talisman le plus puissant.

Il pleurait à chaudes larmes et moi aussi. Il avait mémorisé mes propos insignifiants...

Mais ce n'était pas la seule raison de sa ténacité à écrire et à proposer son texte à des éditeurs. C'était parce qu'en son for intérieur, il croyait en lui.

— Désormais, tu n'es plus employé du service des eaux, mais écrivain ! ai-je dit en reniflant.

— Mais non ! a-t-il ri. J'ai pu continuer à écrire justement grâce à cet emploi. Je ne compte pas démissionner.

Je me suis répété ses paroles dans ma tête. Je n'en comprenais pas la logique, mais quelque part, je saisissais instinctivement.

— Il faudra fêter ça ! ai-je dit, puis j'ai raccroché.

Tout excité, j'ai contourné le bâtiment. Je me suis assis sur un petit banc de bois pour deux personnes, devant une barrière métallique.

La cour de l'école primaire se trouvait de l'autre côté. On ne pouvait pas accéder au centre social par là, même si les deux structures étaient jointes. Des enfants jouaient, grimpés sur une cage à poules. La classe devait être terminée.

En ce début de soirée de fin février, les jours avaient rallongé.

Détendu, j'ai enfoncé les mains dans les poches de mon blouson.

Dans la gauche, le papier de la capsule temporelle, et dans la droite, la peluche offerte par Komachi.

Je tenais les deux entre les doigts. Je les ai sortis et les ai posés dans le creux de mes mains.

Un avion, ce produit si pratique de la civilisation, connu de tous. Plus personne n'était surpris d'en voir un traverser le ciel, avec tant de gens et de bagages à son bord.

« Ça n'a que cent soixante ans »…

En Europe, jusqu'à cette période, on croyait que les êtres vivants étaient des créations divines, sans aucune évolution, ni passée ni future.

Les gens pensaient sérieusement que les salamandres naissaient dans les flammes, que les oiseaux de paradis venaient vraiment du paradis.

C'est pour cela que Darwin rechignait à publier. Compte tenu de sa pensée inadaptée à son environnement, il craignait d'être lui-même l'objet de la sélection naturelle.

À présent, sa théorie de l'évolution était l'évidence. Un concept tenu pour absurde était devenu la norme. Darwin, Wallace et tous les chercheurs de l'époque avaient eu foi en eux et avaient poursuivi leurs recherches et leurs publications…

Ils avaient transformé leur environnement.

J'ai admiré l'avion posé dans ma main droite.

Si on avait parlé de cet appareil aux hommes d'il y a cent soixante ans, aucun n'y aurait cru.

Ils auraient objecté que du métal ne volait pas. Que cet objet relevait de l'imaginaire.

J'étais dans ce même déni vis-à-vis de ma situation professionnelle.

Je n'avais aucun talent en dessin, j'étais incapable de trouver un travail normal.

Mais dans quelle mesure ces pensées avaient-elles restreint mes possibilités ?

Dans ma main gauche reposait mon « moi » du lycée conservé en terre. J'ai saisi le bord du papier plié en quatre et, enfin, j'ai ouvert la capsule temporelle.

Mon message m'a stupéfié.

« Je réaliserai des dessins qui resteront gravés dans le cœur des gens. »

Ces mots étaient bien écrits de ma main.

Le souvenir de les avoir rédigés me revenait doucement.

Il s'était altéré au fil du temps, imprimant une phrase erronée dans mon esprit. J'étais persuadé d'avoir écrit « dont le nom marquera l'Histoire ». Je pensais qu'on avait anéanti mes grands rêves. Je prétendais être la victime, incriminant un monde qui ne m'acceptait pas et une société où pullulaient les entreprises qui exploitaient les salariés. Mais à l'origine, voilà quel avait été mon souhait.

Je me suis souvenu des mains de Nozomi sauvant le dessin que je voulais jeter. De sa voix, quand elle avait dit l'adorer. J'avais refusé d'entendre ses compliments. Pour moi, ce n'était que de la flatterie. Parce que je ne croyais ni en moi ni en autrui.

Pardon, Hiroya de 18 ans.

Il n'était pas trop tard. Et si, au lieu de vouloir laisser mon nom dans l'Histoire, un objectif si éloigné..., je réalisais ne serait-ce qu'un dessin marquant le cœur de quelqu'un ?

N'était-ce pas cela, le vrai lieu qui m'accueillerait ?

Le lendemain, je me suis rendu au centre social avec mon carnet à dessin et tous types de crayons.

Évolution : la théorie en images rassemblait une quantité de photos éveillant ma créativité, à l'image de celle de *Confuciusornis*. Que je participe ou non à un concours, je voulais déjà dessiner correctement.

À l'accueil, l'homme à la chevelure blanche discutait avec Komachi. Je suis passé à côté d'eux pour rejoindre la bibliothèque.

J'ai pris le livre et une fois assis, j'ai cherché une photo à reproduire. J'éprouvais une exaltation jamais ressentie auparavant. Et si je dessinais un longicorne ? Avec des ailes de chauve-souris, par exemple. Pourquoi pas le portrait de Wallace, au crayon de bois à mine dure ?

Tandis que je feuilletais le livre, tout excité, Komachi est reparue. Elle a annoncé à Nozomi, au comptoir d'accueil :

— Mme Muroi ne viendra plus pendant un certain temps.

J'ai levé la tête vers elles.

— Sa fille a accouché plus tôt que prévu. Je suis désolée, Nozomi, mais pourrais-tu aider au bureau jusqu'à fin mars ?

Nozomi a hoché la tête, l'air ennuyé.

Là, je n'étais pas d'accord.

Je me suis dressé sur mes jambes. Mon corps a réagi avant ma tête.

— Excusez-moi…

Komachi s'est retournée.

— Je pourrais peut-être m'en charger ?

De la sueur perlait sur mon front. Mais qu'est-ce que je fabriquais ?

Il était hors de question que Nozomi quitte la bibliothèque. Elle accomplissait tant d'efforts pour devenir bibliothécaire.

J'ignorais la nature du travail, mais j'avais du temps à ne savoir qu'en faire.

Komachi m'a dévisagé, sans remuer un sourcil, puis elle a eu un léger sourire.

Aller au centre social dès 8 h 30 du matin, quatre fois par semaine, était pénible. Mais à dire vrai, j'avais l'habitude de traînasser jusqu'aux aurores et de dormir jusqu'à midi sans mettre mon réveil à sonner. Une fois que j'avais surmonté ma langueur matinale et avalé une bouffée d'air frais au-dehors, j'étais totalement réveillé. Mon corps fainéant jugeait éprouvant de faire le ménage au centre social, mais après quelques jours, ma lourdeur quotidienne s'est estompée. Surtout, je n'avais pas été rémunéré pour un travail depuis si longtemps que c'était presque nouveau pour moi. Depuis le début, je savais ce que j'en ferais.

Mes missions étaient l'accueil, le ménage, la saisie de données informatiques, l'offre de renseignements sur les cours et le soutien aux intervenants. Au premier étage, où je n'étais jamais allé, un grand espace était réservé aux cours de danse et aux conférences. Je me suis découvert capable d'effectuer différentes tâches, comme le ménage et l'entretien des équipements.

Komachi a répété à tout le personnel que je dessinais, alors on m'a demandé des illustrations pour la *Gazette du centre social* et pour des affiches. À chaque compliment reçu, à chaque fois que des gens admiraient mon affiche, intérieurement, je levais les poings au ciel. Chose curieuse, les enfants aussi appréciaient mes dessins.

Cette période au centre social s'est écoulée paisiblement. Ce travail était à mille lieues de tous mes emplois passés. Je n'étais pas un raté, je m'étais juste trompé d'endroit où me rendre utile. Ici, je l'étais, ne serait-ce qu'un peu. J'en ai retiré une énorme sérénité. J'avais l'autorisation d'être là.

Toutes sortes de personnes fréquentaient le centre social. Que ce soient les intervenants ou les élèves venant suivre des cours. Les activités étaient variées, avec des ateliers de chromothérapie et de travaux manuels.

Le vaste objectif de cette structure était de proposer un endroit où les résidents de l'arrondissement seraient tous pris en considération, acceptés et incités à la réflexion. Cela, pour leur permettre d'utiliser au mieux leur temps libre, d'acquérir de nouvelles connaissances et de nouveaux loisirs, de venir en toute tranquillité.

J'ai également pris conscience de ma sociabilité, discutant dans le hall avec des habituées d'un certain âge, jouant avec l'enfant d'une jeune maman.

Les jours où je ne travaillais pas dans le bureau, je lisais à la bibliothèque ou je dessinais. Bizarrement, dans ma tête, les idées jaillissaient sans arrêt, comme si j'avais ôté le tissu les recouvrant. Auparavant, quand j'étais totalement disponible, rien ne me venait à l'esprit. Je n'avais même pas envie de dessiner.

Je discutais régulièrement avec mes collègues. L'homme à la chevelure blanche de l'accueil, M. Yoshida, était directeur du centre social et employé de l'association des établissements de l'arrondissement. Celle-ci était chargée de la gestion et de l'entretien des structures fondées par la municipalité de Tokyo.

Lors de ma recherche d'emploi, je n'avais ciblé que des entreprises et des commerces, ignorant l'existence de postes si près de chez moi. Si j'avais étendu ma prospection, j'aurais pu trouver un lieu qui me convienne parfaitement.

J'étais reconnaissant pour tellement de choses : la permission de travailler ici, mon corps qui m'obéissait, les sourires des visiteurs.

Et, surtout, envers ma mère.

Elle qui ne m'avait jamais rien reproché, même au moment de ma démission.

Elle qui m'avait incité à sortir de la maison sans me mettre la pression, tandis que je me complaisais dans la paresse.

Les gens avaient dû me traiter d'enfant gâté.

Lors des réunions de famille, quand on m'avait demandé ma profession sans rien savoir de ma vie, j'avais été anxieux plusieurs fois. Ceux qui posaient cette question n'avaient aucune mauvaise intention. Voilà pourquoi j'étais chagriné. Ça me rappelait que dans la société, il était normal pour un adulte de travailler après la fac.

Ma mère ne se souciait pas pour autant du regard des autres et elle ne me brusquait pas.

Au retour de mon frère, cela ne changerait pas. J'étais juste lâche. Comment avais-je pu penser qu'elle le préférait ?

J'irais le chercher à l'aéroport, comme il se devait. Ma mère et moi, nous lui souhaiterions un bon retour.

J'ai perçu mon premier salaire. J'ai remis l'enveloppe avec la somme totale à ma mère. Accompagnée d'un petit bouquet de fleurs.

Pardon, Maman, et merci. Tu t'es toujours montrée joyeuse en ma présence, mais en réalité, tu as dû t'inquiéter pour moi durant tout ce temps.

Elle a refusé l'enveloppe sans un mot, la repoussant vers moi. Puis elle a collé son visage contre le bouquet de fleurs, en larmes.

Avril

Mme Muroi est passée au centre social avec sa fille et son bébé.

— Merci beaucoup, Hiroya. Tu m'as été d'une grande aide ! Tout le monde t'aime bien, tu sais !

Elle ne cessait de parler. Derrière elle, le bébé me fixait, stoïque, dans les bras de sa mère. Au sommet de sa tête, qu'il ne tenait pas encore, des petits cheveux s'enroulaient comme une spirale. Il ressemblait à Monger.

— Il est mignon, non ? a dit Mme Muroi. C'est le plus beaux des bébés ! Pour moi, personne ne lui arrive à la cheville !

Depuis la fin de mon contrat, je continuais à travailler quatre jours par semaine.

Un nouvel employé avait été recruté, mais M. Yoshida m'avait gentiment embauché aussi.

— Je cherchais non pas une, mais plusieurs personnes. Te voyant à l'œuvre, j'ai voulu que tu restes, m'avait-il expliqué.

J'ignorais qu'il était possible d'obtenir un emploi en faisant ses preuves, et pas seulement en réussissant les étapes du CV et de l'entretien.

J'avais un contrat à temps partiel d'un an, à mille cent yens de l'heure. Cela me satisfaisait pleinement. Je travaillerais ici, je dessinerais… en cherchant ma voie, pas à pas.

Au moment de son départ, Mme Muroi a déclaré :

— Ah, j'allais oublier ! J'ai apporté une boîte de Honey Dome à Sayuri, alors sers-toi !

— Je vous remercie. Mme Komachi a l'air d'adorer ces biscuits !

Elle a ri, le regard en coin.

— Elle m'a raconté que c'est grâce à ça qu'elle a rencontré son mari ! Ils ont tendu la main vers une boîte au même moment dans un magasin ! Son épingle à cheveux fétiche, c'est son cadeau, en guise de bague de fiançailles, quand il a fait sa demande !

— Ah bon ?!

Un doux sentiment de bonheur s'est emparé de moi.

Chacun avait sa propre histoire…

Durant ma pause déjeuner, je suis allé à la bibliothèque. Nozomi rangeait un ouvrage sur une étagère.

— Le livre que tu as réservé est arrivé ! m'a-t-elle dit.

J'avais commandé un guide sur les poissons des abysses pour participer au concours de dessin d'un magazine d'art. Je voulais pousser à son extrême mon univers obsessionnel, terrifiant, humoristique et plein d'amour.

Tandis qu'assis à ma table, je contemplais les photographies, j'ai entendu le *tatatatatatatata* de Komachi à son ordinateur. Derrière la cloison au fond de la pièce, j'ai aperçu un homme, un sac banane en bandoulière. Elle le conseillait certainement.

Malgré moi, j'ai pouffé de rire. Elle était réellement Kenshirô. Mais ce que Komachi m'avait enseigné était à l'inverse de l'attaque des cent poings.

C'était une chose toute simple. Dans la longue évolution de l'Histoire…

À l'instant présent, j'étais en vie.

Chapitre 5

Masao, 65 ans, retraité

Le dernier jour de septembre, date anniversaire de mes 65 ans, a également été le dernier jour de ma vie de salarié.

Je n'ai pas réalisé d'exploits professionnels, mais j'ai occupé mon poste sans aucune sanction durant quarante-deux ans, reconnu pour mon sérieux.

Bon travail, Monsieur le Chef de service.

Merci pour tout, Monsieur le Chef de service.

Portez-vous bien, Monsieur le Chef de service.

Sous les applaudissements, j'ai pris le bouquet de fleurs et, rayonnant, j'ai laissé l'entreprise derrière moi. J'étais un peu seul, mais soulagé, et j'avais le sentiment du devoir accompli.

J'avais affronté bien des choses, à ma façon. Chaque jour, je prenais le train à heure fixe, je m'installais à mon bureau et je me concentrais sur les missions les plus urgentes. Aujourd'hui, cette vie avait pris fin. Une fois dehors, j'ai lancé un dernier regard à mon entreprise, je me suis incliné respectueusement, puis j'ai tourné les talons.

Bon…

Et maintenant ?

Que ferais-je de ma vie, dès demain ?

La pleine saison des cerisiers en fleur touchait bientôt à son terme. Demain, j'irais les admirer dans le parc voisin.

À peine cette décision prise, je me suis aussitôt ravisé. Je les avais déjà bien assez contemplés.

Tous les ans, je me dépêchais de sortir le premier week-end, avant que les pétales ne tombent, contrairement à cette année. J'avais eu le loisir de les voir chaque jour, de la phase des bourgeons à la pleine floraison. Autant que je le désirais, midi et soir.

Quand ma fille Chié était petite, j'étais tellement affairé le week-end que je n'avais pas de temps à lui consacrer. Le printemps s'écoulait sans que nous admirions ensemble les cerisiers en fleur.

Maintenant que j'étais libre, ma fille habitait seule, ayant pris son indépendance depuis plusieurs années. Mais même si elle avait vécu avec moi, elle n'aurait probablement pas eu envie de s'extasier sur la beauté des cerisiers avec son vieux père.

Depuis que j'avais pris ma retraite six mois plus tôt, j'avais compris trois choses.

La première était qu'à 65 ans, j'étais plus jeune que je ne l'aurais cru.

Cela m'a stupéfié. Je n'étais pas le grand-père que j'imaginais dans mon enfance. Bien sûr, je n'étais plus le jeune homme d'autrefois, mais du moins, je n'avais pas la sensation d'être un vieillard. Je dirais plutôt que j'étais encore d'âge mûr.

La deuxième, affligeante, était que je n'avais aucun centre d'intérêt.

J'aimais ou j'attendais certaines choses avec impatience. Par exemple, la bière du dîner et ma série historique du dimanche. Mais il s'agissait d'instants quotidiens, pas de passe-temps. Je n'avais pas une seule passion, que ce soit la fabrication d'objets ou un sujet sur lequel je pouvais m'enflammer.

La dernière…

C'était que depuis ma retraite, j'étais exclu de la société.

J'avais longtemps travaillé dans un service commercial, où mon emploi consistait à échanger avec les autres. Pour cette raison, je m'étais cru, sans doute à tort, bien entouré.

J'ai été surpris de constater que je n'avais reçu ni cadeau de fin d'année ni carte de vœux, et que je n'avais pas même un ami avec qui aller boire un café. Toutes mes relations étaient exclusivement professionnelles. Ces six derniers mois, mon existence avait été totalement éradiquée de la mémoire de mes collègues, alors que j'avais passé quarante-deux années de ma vie dans cette entreprise.

Je regardais distraitement la télévision lorsque mon épouse Yoriko est rentrée du travail. Elle a parcouru la pièce des yeux avec un murmure et s'est dirigée vers le balcon.

— Masao ! Je t'avais pourtant demandé de rentrer le linge !

Oups, j'avais oublié.

Yoriko n'était pas en colère.

— Quelle tête de linotte ! a-t-elle dit d'un ton moralisateur, puis elle a ouvert la porte-fenêtre et a enfilé ses sabots.

— Désolé.

Elle a retiré les vêtements de la barre du séchoir. Je les ai attrapés et rentrés à l'intérieur. Entièrement secs, ils sentaient bon le linge étendu au soleil.

N'ayant jamais participé aux tâches ménagères, j'oubliais souvent les requêtes de mon épouse. Si je continuais à paresser à la maison, mon corps et mon cerveau se liquéfieraient assurément et je perdrais de plus en plus la mémoire. Le temps des moqueries de la part de ma femme, elle si généreuse, ne durerait pas éternellement. Non, je crois qu'elle avait déjà jeté l'éponge, jugeant que se fâcher contre moi ne servait à rien.

J'ai ôté avec difficulté le petit linge de l'étendoir à pinces. J'ignorais tout du pliage des sous-vêtements, alors j'ai cherché les serviettes de toilette pour commencer par le plus facile.

— Ah, au fait !

Yoriko a extrait de son sac une feuille de papier, où figurait tout en haut, en gros caractères : « Cours de jeu de go ».

— Je t'ai déjà parlé d'un de mes élèves, M. Yakita. Il m'a dit que depuis début avril, il enseigne le go au centre social. J'ai pensé que ça pouvait t'intéresser.

— Yakita ? Celui qui crée un site web sur les fleurs sauvages ?

— Exactement. Si jamais tu t'inscris, comme on est à la mi-avril, il m'a dit que tu pouvais ne payer que deux séances.

Yoriko était enseignante en informatique.

Jusqu'à 40 ans, elle avait travaillé comme ingénieure système pour une entreprise spécialisée dans les technologies de l'information, puis elle s'était lancée en tant qu'indépendante. Elle était membre d'un organisme qui la missionnait pour donner des cours et des conférences. Elle enseignait tous les mercredis au centre social. Je ne connaissais rien à l'informatique, mais à l'avenir, des compétences dans ce domaine seraient un atout considérable. En plus, sa profession n'avait pas de limite d'âge.

— Le centre social n'est qu'à dix minutes à pied. Tu vois où se trouve l'école primaire Hatori ? Il y est rattaché.

— Des cours de jeu de go… Je n'y ai jamais joué.

— Raison de plus ! Apprendre un nouveau jeu est amusant, a-t-elle affirmé depuis la cuisine, son tablier déjà noué autour de la taille.

Elle était âgée de 56 ans. Avec nos neuf ans d'écart, après notre mariage, nos proches l'appelaient souvent ma « jeune épouse ». Ce surnom avait disparu au fil des années, mais Yoriko avait tendance à toujours se considérer comme ma « jeune femme ». En réalité, étant encore en activité, elle débordait d'entrain et de jeunesse. Ces derniers temps, de nombreuses femmes s'épanouissaient dans leur travail passé la cinquantaine, pleines d'estime de soi.

Le jeu de go…

J'étais pensif, le prospectus à la main.

Pourquoi n'en ferais-je pas ma passion ? C'était conventionnel, mais pas si mal quand même. Ça ferait travailler mon cerveau.

Le cours avait lieu le lundi matin à 11 heures. J'ai jeté un œil au calendrier déjà bien rempli. Tous les rendez-vous concernaient Yoriko, il n'y en avait aucun pour moi.

Le lundi matin, je suis allé au centre social.

Je connaissais l'emplacement de l'école primaire Hatori, mais le portail était fermé. Impossible d'entrer. J'ai sonné à l'interphone, une femme a répondu.

— Allô ?

— Bonjour, je viens pour le cours de go.

— Pardon ?

— Le cours de go. Au centre social.

— Ah !

Elle travaillait pour l'école. Les deux entrées étaient distinctes, il fallait contourner le mur d'enceinte et suivre les pancartes jusqu'à la porte de service.

En fait, les deux bâtiments n'étaient pas rattachés, mais adjacents. En suivant le trottoir le long du mur, j'ai trouvé le panneau : « Le centre social est par ici ».

Après avoir emprunté une ruelle, je suis tombé sur un bâtiment blanc, séparé de la cour de l'école par une barrière métallique.

J'ai ouvert la porte. Tout de suite à droite se trouvait le comptoir d'accueil. Au fond, une pièce. Un garçon vêtu d'une chemise verte était assis devant un ordinateur.

Notant ma présence, un homme à l'épaisse chevelure blanche est sorti du bureau.

— Veuillez remplir ce document.

Je devais indiquer mon nom, le motif de ma venue et l'horaire sur la fiche posée sur le comptoir. J'ai saisi le stylo-bille.

— Je me suis perdu en chemin ! Ma femme m'a dit que le centre social était rattaché à l'école, alors j'ai cru qu'il était dans l'enceinte.

L'homme s'est mis à rire.

— C'est parce que par le passé, ce bâtiment faisait partie de l'école. Aujourd'hui, tout passage de l'un à l'autre est interdit pour des raisons de sécurité.

— Ah bon ?

— À l'origine, cette structure a été créée pour renforcer les échanges entre les élèves et les habitants de l'arrondissement. Mais de nos jours, les crimes ne sont pas rares. Il fallait avant tout protéger les enfants, donc le portail principal de l'école a aussi été verrouillé. Beaucoup d'entre eux ne viennent ici qu'une fois leur diplôme obtenu.

— Je vois, ai-je acquiescé en remplissant la fiche.

« Masao Gonno. »

Les occasions d'être appelé par mon nom avaient nettement diminué. La dernière fois remontait au mois dernier, chez le dentiste.

Le cours de go avait lieu dans une pièce à la japonaise. Après m'être déchaussé, j'ai posé les pieds sur le tatami.

Plusieurs joueurs s'affrontaient déjà, face à face. Un vieil homme, le visage angulaire, était assis seul.

— Monsieur Gonno ? m'a-t-il interpellé dès qu'il m'a vu.

Ce devait être Yakita. Malgré ses 75 ans, sa peau était lumineuse et pleine de vitalité.

— Bonjour ! Votre épouse m'a parlé de vous au téléphone.

— Je vous remercie de me permettre d'assister à votre cours.

— Je vous en prie.

Tant de politesse m'a rappelé le monde du travail. Je ne m'étais pas exprimé ainsi depuis une éternité.

Il a installé le *goban*, puis m'a expliqué le placement des pierres. Où les disposer, dans quel ordre, comment déterminer le premier joueur. Les règles de base.

Je l'écoutais, hochant la tête, lorsque soudain, il a déclaré :

— Votre femme est merveilleuse.

— Pardon ?

J'ai relevé la tête. Il se frottait le menton.

— Oui, Mme Gonno. Je vous envie. Elle travaille, elle est vive d'esprit, et en plus, elle est prévenante. Mais bon, le mariage, j'ai déjà donné.

En clair, il était divorcé et célibataire. Ne sachant que répondre, je me suis contenté d'un nonchalant « Ah bon » en regardant les pierres, quand il s'est mis à jacasser comme une pie :

— C'était ce que l'on nomme un « divorce gris ». Lorsque je travaillais, même si on se disputait le matin, je partais au bureau, et à mon retour le soir, la situation restait souvent en suspens, ou alors on se réconciliait vite fait. Mais dès que j'ai passé mes journées à la maison, on se voyait plus longtemps, alors on n'avait pas l'occasion de remettre les compteurs à zéro.

Mais bon, j'ai vécu des décennies avec elle, c'était ma moitié.

— Je vois…

— À partir d'un certain âge, du jour au lendemain, les femmes n'excusent plus ce qu'elles toléraient jusque-là. Vers la fin de notre vie commune, elle ne supportait même plus mes choix de chaussettes ! Elle s'écriait : « C'est quoi, ces horreurs ! »

Quel bavard ! L'écouter raconter sa vie était sans doute un passage obligé pour tout débutant à ce cours. J'ai lorgné ses chaussettes, et en effet, elles avaient pour motif des écailles de poisson. Mais j'étais navré qu'ils aient divorcé pour si peu. J'ai eu un rire crispé.

— Le jour où elle m'a présenté le formulaire de demande de divorce, je suis tombé des nues. Heureusement, j'avais ma passion pour le jeu de go depuis mes 10 ans et un tas de projets, comme le jardinage ou la découverte de fleurs sauvages. J'avais de quoi profiter de la vie. On est tous les deux redevenus célibataires, alors j'ai décidé de savourer ma nouvelle vie d'homme seul. Au final, j'en ai retiré du positif.

Ses propos m'ont intrigué. Vieillir, prendre sa retraite, divorcer et rester célibataire, cela n'empêchait pas de vivre heureux et en forme si on s'adonnait à ses passions. De plus, il enseignait le go, adhérait certainement à une association et possédait un jardin. Son site Internet, créé grâce au cours de Yoriko, devait aussi attirer bon nombre de visiteurs.

— Six mois après mon départ en retraite, ma femme a changé de comportement. Vous devriez faire attention, vous aussi, a-t-il chuchoté, comme s'il me transmettait un enseignement bien plus important que les règles du jeu de go.

L'heure de la fin du cours est arrivée.

Ce jeu était bien plus complexe que je ne l'avais imaginé. Yakita m'avait tout expliqué à l'oral sans me laisser prendre de notes, alors je n'avais rien mémorisé.

J'en avais vu assez, mais j'avais prépayé les deux cours du mois d'avril. Je devais y retourner une fois pour ne pas jeter mon argent par les fenêtres.

Alors que je quittais la pièce, un garçon m'est passé devant. C'était celui en chemise verte, assis auparavant devant l'ordinateur. Le suivant du regard, j'ai aperçu l'écriteau « Bibliothèque » surplombant la porte au bout du couloir. Il est entré dans la pièce.

Ce centre social avait même une bibliothèque !

J'y trouverais sûrement un manuel sur le jeu de go. Pourquoi ne pas le consulter sur place ?

Emboîtant le pas à la chemise verte, je suis allé à la bibliothèque.

Elle était de taille modeste, les murs couverts d'étagères pleines à craquer. Excepté la chemise verte et une jeune fille en tablier bleu marine, qui se sont salués, la salle était vide.

Où dénicher un livre sur le jeu de go ? J'inspectais les rayonnages autour de moi quand la jeune fille m'a dépassé, plusieurs ouvrages dans les bras. D'après son badge, elle se nommait Nozomi Morinaga.

— Excusez-moi, je cherche un livre sur le jeu de go…

Avec un magnifique sourire, elle a pointé du doigt l'autre bout de la bibliothèque :

— C'est par là !

Le rayon Loisirs contenait une quantité de livres sur le jeu de go et le jeu d'échecs *shôgi*. J'aurais pourtant juré qu'il n'y aurait presque rien.

— Il y en a tellement !

— C'est difficile de choisir ce genre de guide ! On ignore ce qu'on ignore ! a lancé Nozomi, parcourant le rayon avec moi.

Elle se mettait à la place des lecteurs. Nozomi faisait très bien son travail.

— Je n'ai jamais joué au go, mais la bibliothécaire est là-bas, elle peut vous renseigner.

Cela ne nécessitait pas une telle aide, mais puisque la jeune fille me le proposait, pourquoi pas ?

Je me suis dirigé vers la pancarte « Conseils » et j'ai jeté un regard derrière le paravent servant de panneau d'affichage.

Mes jambes se sont arrêtées net.

Il y avait une énorme dame. Elle était si engoncée dans son chemisier blanc que les boutons semblaient prêts à jaillir. Une épingle à fleurs blanches était plantée dans son chignon. Entièrement blanche de la tête aux pieds, peau comprise, elle m'a rappelé un énorme *kagami mochi,* ce double *mochi* ornant les sanctuaires shintos au Nouvel An.

Sans relever ma présence, elle agitait les mains, tête baissée. J'ai regardé avec plus d'attention et j'ai vu qu'elle plantait une aiguille dans un amas de laine. Son air grincheux n'incitait pas à l'approcher.

Rien ne m'obligeait à l'interroger. J'ai donc décidé de choisir un livre par moi-même.

Soudain, la boîte à biscuits à portée de sa main m'a sauté aux yeux. Sa couleur orange foncé m'était familière.

Elle ne contenait pas des biscuits, mais des aiguilles et une paire de ciseaux. La bibliothécaire l'avait convertie en nécessaire à couture. Le couvercle reposait à côté, à l'endroit.

Avec son décor hexagonal en forme d'alvéoles de nid d'abeilles, et au centre, les fleurs blanches d'acacia, c'était une boîte de Honey Dome. De la marque Kuremiyadô… L'entreprise où j'avais travaillé durant des décennies.

Curieux, je me suis penché en avant pour en inspecter l'intérieur.

Soudain, la bibliothécaire a relevé la tête.

— Qu'est-ce que vous cherchez ?

« Qu'est-ce que vous cherchez ? »

Cette voix, incroyablement douce et froide à la fois, a résonné jusqu'au plus profond de mon être.

Ce que je cherchais… Que faire du reste de ma vie ?

Elle m'a dévisagé. Dans son regard sévère, j'ai distingué la pitié silencieuse du bodhisattva Kannon.

— Juste un livre sur le jeu de go, ai-je répondu craintivement. J'y ai joué aujourd'hui pour la première fois, mais c'était vraiment difficile.

Elle a penché la tête, faisant craquer son cou. J'ai regardé son badge : elle s'appelait Sayuri Komachi. Elle a rangé aiguille et balle de laine dans la boîte et a expliqué en refermant le couvercle :

— Le go est un jeu profond. Il ne s'agit pas seulement de récupérer les positions de l'adversaire, il fait aussi réfléchir sur la vie et la mort. Chaque partie est une aventure à elle seule.

— J'ignorais que c'était si sérieux.

En fin de compte, ça n'avait rien d'un jeu. Car un jeu, comme une passion, était censé apporter de la joie et du plaisir.

— Alors ce n'est pas pour moi, ai-je dit en me grattant la tête avant de changer de sujet. Vous aimez ça ?

— Hum ? a fait Komachi en me lançant un regard.

J'ai désigné du doigt la boîte de gâteaux.

— Les Honey Dome de Kuremiyadô. À vrai dire, j'ai travaillé là-bas jusqu'à l'année passée.

Tout d'un coup, Komachi a écarquillé ses yeux plissés, puis elle a pris une bruyante inspiration. Elle a souri, comme possédée par un esprit, et s'est mise à chanter, le regard perdu dans le vide :

« Do Do Do Do
Qu'ils sont dodus
Do Do Do Do
Les Honey Dome,
Les Honey Domeeuuh
de Kuremiyadôôô ! »

C'était une publicité diffusée en continu depuis une trentaine d'années.

Afin de ne pas être entendue au-delà du paravent, Komachi avait chantonné tout bas, avec une voix de tête inimaginable chez une dame si massive. Elle avait prolongé la note du dernier « Honey Dome » en « Domeeuuh », toute joviale, comme une enfant.

Cette chanson sortie de nulle part m'a fait sursauter, puis je me suis senti si bien que j'ai failli verser une larme.

Komachi a retrouvé son air grave, semblant revenir à elle.

— La répétition du son « do » évoque plusieurs mots, non ? « Dodu », « dome », le « dô » de « Kuremiyadô ». Peut-être aussi la note de musique.

— Vous avez tout à fait raison.

Ce refrain était célèbre, mais en réalité, la chanson était bien plus longue. La fin comportait même des paroles en anglais.

L'objectif était de plaire à tous, quels que soient l'âge, le sexe, la nationalité.

Komachi a courbé la tête avec respect.

— Je vous remercie pour ces excellents biscuits.

— Ce n'est pas moi qui les faisais ! ai-je lâché avec amertume.

En effet. Je ne les fabriquais pas. Et pourtant, je les recommandais aux gens, comme s'ils étaient de ma main, juste parce que j'étais employé de Kuremiyadô. Autrefois comme aujourd'hui, j'étais heureux chaque fois qu'une personne en parlait en termes élogieux.

Mais désormais…

— Désormais, je n'y travaille plus…

Ma poitrine s'est serrée. Komachi m'a regardé. Avec son air serein, elle semblait avoir un grand cœur.

J'avais toujours voulu qu'on écoute mon histoire. J'avais envie de m'ouvrir à cette grande et blanche Komachi, devant moi, qui quelque part – peut-être était-ce impoli de le dire ainsi – venait d'ailleurs.

— Pour les salariés d'entreprise tels que moi, le départ à la retraite signifie l'exclusion de la société. Quand je travaillais, je désirais du temps de repos, mais maintenant que j'en ai, je ne sais qu'en faire. Le reste de ma vie ne me sert à rien.

— Comment ça, le reste ? a-t-elle demandé avec flegme.

J'ai réfléchi à sa question.

— L'excédent. Ce qu'il y a en trop.

J'avais prononcé ces mots avec une touche d'autodénigrement. Komachi a penché la tête dans l'autre sens, faisant craquer son cou.

— Supposons que j'aie mangé dix Honey Dome d'une boîte de douze.

— Euh… Et ?

— Est-ce que les deux derniers sont l'« excédent » ?

— …

Mes lèvres sont restées closes. Cette question soulevait le fond du problème. Mais je n'ai pas trouvé les mots justes pour y répondre.

Durant mon silence, elle s'est redressée et s'est replacée face à son ordinateur. Elle a posé les mains sur le clavier, comme une pianiste. Et alors…

Dadadadadadadadadada ! Elle a tapé sur son clavier à une vitesse phénoménale. Comment pouvait-elle remuer si vite ses doigts charnus ? Tandis que je l'observais, sidéré, elle a fini par presser une touche avec énergie : l'imprimante s'est déclenchée, une feuille de papier en est sortie.

Komachi me l'a remise. Dans un tableau étaient listés des livres, leur auteur, des numéros d'étagère.

Les Bases du jeu de go, attaque et défense ; *Le Go pour débutants* ; *Pratique du jeu de go, Niveau 1*.

Et en dessous : *Astragales et grenouilles*.

À côté de ce dernier titre figurait entre parenthèses *Poèmes pour enfants, Tome 20* et le nom de l'auteur, Shinpei Kusano.

De la poésie ? Il est vrai que Shinpei Kusano était poète.

Pourquoi ce livre ? Quel rapport avec le jeu de go ? Je fixais la feuille quand Komachi a plongé la main dans les tiroirs en bois de son bureau. Elle a ouvert celui du bas et, avec un bruissement, elle en a extirpé un objet.

— Tenez, c'est pour vous.

Elle a tendu son poing serré vers moi et posé dans ma main une chose en laine rouge : un corps carré avec deux petites pinces.

— Un crabe ?

— C'est un petit plus.

— Un petit plus ?

— Oui, avec le livre.

— Ah bon…

Je ne comprenais pas. Je lui parlais de jeu de go, je repartais avec une histoire sur des grenouilles et un crabe.

J'observais les articulations réalistes des pattes du crabe.

— Ça s'appelle du feutrage à l'aiguille, m'a expliqué Komachi. On peut en confectionner de toutes formes et de toutes tailles. Il n'y a aucune limite.

Du feutrage à l'aiguille. Je l'enviais d'avoir ne serait-ce qu'une passion.

— C'est aussi du travail. Du travail manuel.

— Ah ?

J'ai relevé la tête, devinant que ses paroles étaient porteuses de sens, mais Komachi a retiré le couvercle de la boîte de Honey Dome. Elle y a saisi l'aiguille et la pelote de laine et, concentrée, elle a repris son activité. À l'ambiance, j'ai senti qu'elle n'était plus disposée à discuter, comme si elle avait installé une barrière interdisant toute approche. N'ayant pas d'autre choix, j'ai glissé le crabe dans mon sac banane et, le papier à la main, je me suis avancé vers les étagères.

J'ai emprunté les livres conseillés par Komachi et après le dîner, je les ai emportés dans la pièce qui était autrefois la chambre de ma fille. Désormais, elle servait de débarras pour les affaires de la famille.

À 35 ans, j'avais acheté un appartement neuf avec trois chambres, mais à présent, il se détériorait ici et là. Nous recevions très peu de visites, si bien que les dégradations tolérables restaient en l'état. Même les salissures aux murs, les trous dans les cloisons en papier *fusuma*, ainsi que les portes grinçantes.

La pièce à la japonaise était notre chambre à coucher et nous utilisions la dernière pièce en tant que salle d'informatique. C'était la forteresse de Yoriko, où je n'osais pas mettre les pieds.

Je me suis installé au bureau de collégienne de Chié et j'ai posé mes livres.

J'ai feuilleté les manuels sur le jeu de go. Le sujet ne m'attirait plus vraiment, alors que j'avais moi-même demandé ces livres. J'avais du mal à croire que se trouvait là une aventure faisant réfléchir sur la vie et la mort.

Puis il y avait ce livre à la couverture bucolique, semblant avoir été emprunté par erreur.

Astragales et grenouilles.

Trois grenouilles y étaient représentées, l'air paisible. Au centre coulait une rivière, et sur la rive, on voyait des taches roses, probablement des cerisiers en fleur. Cette illustration joyeuse, au crayon pastel, donnait certainement aux enfants l'envie de prendre le livre.

Je l'ai ouvert et j'ai tourné les pages. La préface s'intitulait : « Rencontre avec un poème ».

Elle était écrite par l'éditeur, Takashi Sawa, et non par l'auteur. S'agissant d'une édition destinée à la jeunesse, le texte était simple, mais transmettait sa passion pour la poésie et pour Shinpei Kusano.

Sawa recommandait, quand on découvrait un bon poème, de le recopier dans sa totalité – ou uniquement la partie qui nous plaisait –, pour créer son propre recueil.

« On est encore plus bouleversé quand on effleure le cœur et la vie d'un poète. C'est comme être ému avec lui, vivre avec lui. »

Vivre avec un poète ? C'était exagéré. J'étais dubitatif.

À la lecture de la suite : « Vous aussi, s'il vous prend l'envie d'écrire un poème, n'hésitez pas », j'ai explosé de rire et je me suis exclamé :

— Non merci !

En revanche, recopier un poème, je n'étais pas contre. Surtout si un extrait suffisait. D'ailleurs, le terme « recueil » me plaisait bien. Ça paraissait plus facile que d'apprendre à jouer au go, et comme j'étais d'humeur littéraire, c'était parfait.

Avais-je un cahier ? J'ai ouvert le tiroir du bureau et fouillé à l'intérieur. J'en ai trouvé un, portant quelques phrases en anglais écrites de ma main sur les deux premières pages.

Cela datait d'une vingtaine d'années, quand j'avais essayé d'apprendre l'anglais *via* un cours à la radio NHK. Moi aussi, j'avais eu soif d'apprendre. Je pensais en avoir l'utilité dans mon travail, et peut-être avais-je aussi envie que ça devienne mon passe-temps. Mais j'avais vite jeté l'éponge, estimant que c'était peine perdue à 40 ans passés. Et pourtant, si j'avais étudié ne serait-ce qu'une page par jour, je parlerais couramment anglais aujourd'hui.

Je ne reprendrais plus ce cours. J'ai déchiré les pages et les ai jetées.

J'ai tourné mon cahier vierge à l'horizontale pour écrire à la verticale.

Après avoir lu trois poèmes, j'ai recopié le premier, avec un feutre pris dans le porte-crayons. Il s'intitulait *Hymne au printemps*.

« Oh, que d'éblouissement.
Oh, que de bonheur.

Une eau lisse.
Une brise agréable.
Kélulun kuk.
Ah, quelle bonne odeur[1]. »

Le poème se poursuivait, mais j'ai posé mon stylo.

Le « Kélulun kuk », répété quatre fois, devait être le chant de la grenouille. C'était une excellente trouvaille qui présentait un bon rythme.

Pendant un moment, je me suis plongé dans la lecture de ce recueil.

Je pensais qu'il ne rassemblerait que des textes optimistes, à l'image d'*Hymne au printemps*, mais d'autres étaient sombres ou tristes.

Plus loin, je suis tombé sur un poème intitulé *Kajika*.

Ce texte impressionnant s'ouvrait sur des onomatopées : « Kikikikikikikiki kiilu kiilu kiilu kiilu kiilu ». Je l'ai noté, tant il m'apparaissait énigmatique.

Que traduisait ce bruit ? Le *kajika* était un poisson, le chabot.

1. Ce poème retrace les émotions d'une grenouille au printemps, à son réveil après l'hibernation. D'un point de vue stylistique, Shinpei Kusano est connu pour terminer ses vers par un point. *(N.d.T.)*

Ne trouvant aucune indication, je n'ai pas eu ma réponse. De plus, je ne visualisais pas le sens des expressions « la nuit est coincée à la frontière » ou encore « le clignotement des branchies ».

J'ai retranscrit le texte jusqu'à « Kikikikikikikiki » et j'ai abandonné.

Tout bien considéré, la poésie non plus n'était pas simple. Peut-être même était-ce plus complexe que d'apprendre les règles du jeu de go. J'ai refermé mon cahier.

Le lendemain après-midi, Yoriko et moi sommes allés à Éden, un centre commercial qui m'était inconnu.

Une élève de son cours d'informatique, employée au rayon Prêt-à-porter féminin, lui en avait parlé récemment. Yoriko avait son permis mais conduisait peu, alors elle m'a demandé de sortir la voiture, le magasin étant trop loin pour nous y rendre à pied. Je n'avais aucune raison de refuser.

Nous nous sommes dirigés vers le garage de l'immeuble.

— Oh, monsieur Ebigawa !

Yoriko a hélé le concierge, en train d'arracher les mauvaises herbes de la haie. Il s'est tourné vers nous. Cet homme au visage ovale, qui avait dépassé l'âge mûr, avait été embauché en début d'année en remplacement de son prédécesseur.

Yoriko l'a gentiment salué.

— Merci pour votre conseil, l'autre jour. J'ai nettoyé mes freins en suivant vos recommandations, et maintenant, ça fonctionne !

La semaine dernière, sur le parking à vélos, quand Yoriko l'avait informé que son propre vélo freinait mal, il lui avait suggéré de nettoyer les patins avec un détergent neutre.

— De rien ! Tant mieux si c'est résolu. Autrefois, j'ai tenu un magasin de vélos, a-t-il dit en éclatant de rire.

Puis il a continué à arracher les herbes folles. Il était jovial, mais peu bavard.

Une fois la porte franchie, Yoriko m'a confié :

— Quand il est dehors, M. Ebigawa a l'air d'une tout autre personne. Sans doute parce que, en civil, il porte toujours son joli bonnet de laine.

— Une tout autre personne ?

— Oui. Comment dire… Il me fait penser à un ermite. Il semble retiré du monde. Mais derrière son guichet, en uniforme, on dirait un vieux concierge tout à fait ordinaire.

Nous sommes arrivés à Éden, et après avoir garé la voiture, Yoriko m'a emmené directement au rayon Prêt-à-porter du premier étage.

— Tomoka !

L'employée en question a eu un sourire.

— Madame Gonno ! Vous êtes vraiment venue ! Bonjour !

— Eh oui ! Je vous présente mon mari, Masao.

Tomoka m'a salué avec respect, les mains jointes sur le ventre.

— Monsieur, je suis enchantée de faire votre connaissance. Votre femme est une excellente professeure !

— C'est moi qui vous remercie d'assister à son cours.

Après Yakita, voilà que je m'exprimais à nouveau avec politesse.

Désormais, mes seuls contacts avec la société s'effectuaient par l'intermédiaire de ma femme.

Elle s'est mise à sélectionner des vêtements. Comme je tournais en rond, j'ai regardé les chemisiers et les jupes autour de moi.

Tomoka devait avoir un peu plus de 20 ans. Elle était énergique et avait bonne mine. Je percevais toute la bonne volonté qu'elle mettait dans son travail.

— Et si j'essayais ça ? a hésité Yoriko, une robe entre les mains.

— Bien sûr ! a répondu Tomoka en écartant le rideau d'une cabine d'essayage.

Restée seule avec moi, la jeune fille a engagé la conversation avec naturel :

— Comme c'est beau de faire du shopping en couple ! Vous devez bien vous entendre !

— À dire vrai, je reste cloîtré à la maison, je suis un poids pour elle. Je ne sais pas m'occuper des corvées. Pas même la cuisine…

Elle a eu l'air songeur, puis elle a affiché un grand sourire.

— Et si vous lui prépariez des *onigiri* ?

— Vous croyez ?

— Elle sera ravie. Les boules de riz faites par les hommes sont délicieuses, car le riz est bien tassé. Sûrement grâce à leur forte poigne et à leurs mains plus grandes ! Je suis sûre que Mme Gonno sera aux anges !

— À ce point ? ai-je demandé en riant. Je parie que votre petit ami vous en a préparé !

Elle est devenue toute rouge, mais elle n'a pas nié.

Yoriko a opté pour la robe et un T-shirt avec un motif de chat, puis m'a traîné jusqu'au rayon Alimentation.

— On va acheter quelques plats pour accompagner le riz au dîner.

Cédant à une envie de *sashimi*, elle est allée à la poissonnerie.

À côté d'un congélateur vitré où étaient stockés tranches de poisson et coquillages, se dressait un aquarium, où j'ai aperçu un mouvement. Je me suis approché : des crabes d'eau douce y étaient enfermés.

Me souvenant du crabe de Komachi, je les ai scrutés.

L'aquarium devait en contenir entre cinquante et soixante. Plongés dans une faible quantité d'eau, ils étaient serrés les uns contre les autres. L'un d'eux agitait ses petites pinces rattachées à son corps plat, comme s'il me faisait signe.

J'ai levé les yeux, et j'ai lu à ma grande surprise : « Crabes d'eau douce », écrit en gros caractères rouges et voyants sur un bout de plaque de polystyrène. Mais en dessous, en petits caractères noirs : « En friture ou en animal de compagnie ! »

… En animal de compagnie ?

Nous étions au rayon Alimentation, c'était évidemment de la nourriture. Mais du fait de l'évocation d'une alternative, je ne savais plus quoi penser.

Soit on les mange, soit on les aime…

Deux chemins opposés attendaient ces crabes.

Ma gorge s'est nouée à la pensée du destin des crabes grouillant dans l'aquarium.

Quel sort m'avait réservé mon entreprise ? Tant que j'étais dans l'aquarium, on m'honorait avec des « Monsieur le Chef de service », mais au final, j'avais été dévoré.

Yoriko, en pleine inspection des *sashimi*, s'est retournée tout à coup.

— Dis, tu préfères quoi entre du chinchard et du *sanma* ? Ah, tu veux du crabe ?

Elle a regardé à l'intérieur de l'aquarium avec intérêt.

— Non ! Non ! Ils sont encore vivants ! Ça ne se mange pas ! ai-je répliqué d'une voix étranglée.

— Tu veux en adopter ? a-t-elle dit sur le ton de la plaisanterie.

Justement, j'hésitais.

Les crabes étaient-ils heureux de cette vie ennuyeuse, entassés dans ce récipient ? N'auraient-ils pas préféré participer au tourbillon de la chaîne alimentaire ? Non, c'était une réflexion humano-centrée.

Alors que je restais muet, Yoriko a reçu un appel.

— Ah, c'est Chié.

Elle a décroché, a bavardé gaiement, puis m'a résumé la conversation.

— Le livre que j'ai commandé est arrivé. Finalement, on n'achète rien ici et on va la retrouver directement. Si elle est du matin et termine à 16 heures, on dînera tous les trois.

Moi qui commençais à défaillir, ça m'a un peu revigoré. Avant de partir, j'ai regardé une dernière fois les crabes, en priant pour leur bonheur. Même si j'ignorais en quoi il consistait.

Chié, notre fille unique, travaillait près de la gare, dans la chaîne de librairies Meishin. Âgée de 27 ans, elle était célibataire. Après son diplôme universitaire, elle avait été recrutée dans cette enseigne en tant que contractuelle et en avait profité pour louer un appartement.

Yoriko trouvait toujours le moyen de passer régulièrement à la librairie, mais moi, je n'y allais presque jamais. J'étais gêné, en tant que parent, de me rendre sur le lieu de travail de mon enfant.

Sur place, Chié était en grande discussion avec une cliente devant le rayon des livres de poche. La vieille dame semblait lui avoir demandé conseil. Yoriko et moi les avons observées de loin pendant un temps.

L'expression de ma fille m'était étrangère. Un sourire doux, mais aussi crispé.

La femme a opiné de la tête, conquise, et, un livre en main, elle a salué et s'est dirigée vers la caisse. Chié l'a raccompagnée chaleureusement avant de remarquer notre présence.

Elle portait un tablier vert foncé sur un chemisier blanc. Son uniforme, en quelque sorte. Il allait très bien avec ses cheveux courts.

Lorsque nous nous sommes approchés, elle a pointé du doigt une étagère.

— C'est moi qui ai rédigé ce coup de cœur !

Auprès de certains livres exposés, sur la couverture visible, était placardée une fiche de format carte postale, avec le titre de l'ouvrage et une description concise de ses points forts.

— Tu es douée ! l'a complimentée Yoriko.

Chié a eu l'air fière.

— Les coups de cœur sont essentiels. Ils influencent les ventes. Certains clients découvrent un livre et s'y intéressent grâce à ça.

C'était fort possible. Je me suis souvenu des crabes du supermarché. Sans la plaque en polystyrène, je ne me serais probablement jamais soucié de leur sort.

— Tu finis à quelle heure ? On peut dîner ensemble si tu es du matin, non ? a proposé Yoriko.

Chié a secoué la tête.

— Aujourd'hui, je suis du soir. En plus, on prépare un événement.

Travailler dans une librairie était une épreuve physique. La position debout était constante, les livres pesaient lourd et on était assailli de questions toute la journée. Chié nous avait même raconté qu'un de ses collègues avait été hospitalisé à la suite de maux de dos. Alors j'étais préoccupé pour elle.

— Tu vas t'épuiser. N'en fais pas trop.

— Ne t'inquiète pas, demain, je suis de repos, a-t-elle répondu, épanouie.

« De repos… »

J'avais pris conscience d'une autre chose depuis ma retraite.

Ne pas travailler impliquait ne pas avoir de congés. On a des vacances justement parce qu'on travaille. Je n'avais plus l'occasion de ressentir cette libération après une journée au bureau.

Chié a tourné la tête vers Yoriko.

— Tu es venue récupérer un livre, n'est-ce pas ?

— Oui, et un magazine. Attends, je vais le chercher.

Elle s'est dépêchée de rejoindre le rayon des périodiques. J'ai hésité à m'acheter un livre, mais je n'avais besoin de rien. Puis j'ai demandé à ma fille :

— Où se trouve le rayon Poésie ?

Chié a ouvert des yeux ronds de surprise.

— Le rayon Poésie ? Tu cherches un auteur en particulier ?

— Shinpei Kusano.

— Ah, je l'aime beaucoup, moi aussi. Je l'ai lu à l'école, dont le texte avec « Kélulun kuk ».

— *Hymne au printemps*.

— Oui, c'est ça ! Bravo, Papa !

Satisfait, j'ai suivi Chié.

Elle m'a guidé jusqu'au rayon Enfants, et voyant *Astragales et grenouilles*, je l'ai saisi, puis feuilleté.

— Tu sais ce que signifie *kajika* ? l'ai-je interrogée.

— C'est une grenouille, non ? La grenouille *kajika*.

Incroyable. Le mystère s'était résolu en un clin d'œil. Encore une fois, il s'agissait d'une grenouille !

— À l'école, notre enseignante nous avait fait lire plusieurs poèmes de cet auteur. J'ai appris l'existence de cette grenouille comme ça. Les astragales du titre font référence, précisément, à l'astragale de Chine.

— Ah bon ? Quand même, ses textes sont parfois incompréhensibles…

— Avec la poésie, il n'est pas nécessaire de comprendre, il suffit de ressentir l'atmosphère, sans y réfléchir à tout prix. On visualise ce qu'on veut.

Yoriko est revenue avec un épais magazine féminin. J'ai reposé le livre.

— Voilà ! Je voulais le sac, c'est un petit plus offert avec le magazine !

Je saisissais mieux pourquoi il était si épais. J'ai ouvert mon sac banane, me souvenant du « petit plus » de Komachi. À l'intérieur, le crabe rouge pointait sa tête.

— Oh, un crabe ! s'est exclamée Chié.

J'ignore pourquoi, mais le rouge m'est monté aux joues.

— Tu le veux ?

— Oui !

Je le lui ai offert. Enchantée, elle l'a posé dans le creux de sa main. Je me suis aussitôt attendri. Elle était encore une enfant, à se réjouir pour si peu.

Finalement, Yoriko et moi sommes allés dîner au restaurant, puis nous sommes rentrés à la maison. Ensuite, je suis retourné dans la chambre pour lire *Astragales et grenouilles*.

Savoir que *kajika* était une grenouille a vivement attisé mon intérêt.

La suite d'onomatopées de ce poème était donc des coassements.

Je trouvais profond qu'il ne s'agisse pas de chants joyeux liés à l'arrivée du printemps, tel que « Kélulun kuk ».

Je ne comprenais toujours pas le sens de la « frontière » ni du « clignotement des branchies », mais je percevais le bruit de l'eau dans la nuit noire. Quelque chose... peut-être l'univers... brillait, puis s'éteignait en continu. Y résonnait le mystérieux, douloureux et faible coassement d'une grenouille.

Oh...

Alors c'était cela, apprécier la poésie ? Ça me plaisait bien. Peut-être avais-je moi aussi un peu de talent dans ce domaine.

Je poursuivais ma lecture, tournant les pages à mon rythme, lorsque je me suis arrêté sur *La Fenêtre*, un texte bien plus long que les autres.

« Les vagues s'approchent.
Les vagues s'éloignent.
Les vagues lèchent le vieux mur
en pierre.
Dans cette baie où le soleil
ne brille pas.
Les vagues s'approchent.

Les vagues s'éloignent.
Geta et brins de paille.
Dépôts huileux. »

Geta, brins de paille, huile… Dans cette baie où le soleil ne brillait pas, s'accumulaient les déchets des humains.

La suite contenait des répétitions de « Les vagues s'approchent. Les vagues s'éloignent ». Ainsi, on ressentait le mouvement des vagues.

Elles s'approchaient et s'éloignaient depuis la haute mer, au loin, jusqu'à la baie à proximité. J'ai laissé mon esprit vagabonder sur cette mer majestueuse. Les vagues s'approchaient, les vagues s'éloignaient.

Pourtant…

Pourquoi ce titre, *La Fenêtre* ?

Seul le spectacle des vagues était décrit, sans aucune fenêtre mentionnée.

Le poème se poursuivait. La seconde moitié ne concernait pas seulement les vagues, avec un vers tel que : « Amour, haine, immoralité. »

J'ai lu avec attention chaque mot jusqu'à la fin. Puis j'ai entièrement recopié les trois pages et je les ai relues encore et encore.

Le lundi suivant

Je n'avais aucune envie de suivre le cours de jeu de go, mais je refusais d'avoir payé pour rien. Je me suis préparé, certain que ce serait ma dernière séance.

Yoriko avait apprécié le bonnet d'Ebigawa. Moi aussi, je devais porter quelque chose d'élégant. J'ai voulu demander à ma femme où se trouvait mon chapeau, mais elle était partie au pressing.

J'ai déniché ma casquette noire dans une boîte au fond d'un placard. Il y a quelques années, je l'avais reçue en cadeau avec un autre achat. Après m'en être coiffé et avoir enfilé mes chaussures, je suis sorti.

Je suis arrivé à l'école Hatori. Je longeais l'entrée principale, puis le mur d'enceinte, lorsque j'ai entendu les cris joyeux des enfants dans la cour.

Je me suis arrêté et je les ai regardés. Ils semblaient en plein cours d'éducation physique. Âgés de 9 ou 10 ans, ils portaient une tenue de sport, short et T-shirt, et s'échauffaient tous ensemble.

Ils étaient adorables. Chié aussi était passée par là.

Un jour où les parents avaient eu l'autorisation d'assister aux cours, Chié avait reçu un avertissement de sa maîtresse pour avoir murmuré « Papa ! » après m'avoir repéré au fond de la salle de classe. Moi, j'étais heureux.

J'ai pouffé de rire. Les enfants grandissaient si vite.

Soudain, je me suis senti toisé. J'ai tourné la tête : un jeune policier me dévisageait. J'ai regardé ailleurs par automatisme et je m'apprêtais à partir lorsqu'il m'a interpellé :

— Dites !

Je n'avais rien à me reprocher, et pourtant, j'ai été pris de panique. Faisant la sourde oreille, j'ai pressé le pas.

— Attendez !

Au cri du policier, mon corps a été secoué de tremblements. C'était la première fois qu'un jeune homme me donnait un ordre aussi brutal et divers sentiments se sont entremêlés en moi.

Je me suis arrêté aussitôt, tendu. Le policier est venu vers moi, le visage sévère.

— Alors, grand-père, on joue au fuyard ?

« Grand-père »...

J'étais sous le choc. Il me considérait comme un vieillard. Son regard perçant brillait.

— J'ai quelques questions à vous poser. Votre nom ?

— Masao... Gonno...

— Profession ?

Je me suis tu. J'étais sans emploi, une très mauvaise réponse. Alors que je baissais la tête, maussade, le policier m'a ordonné sur le ton de la réprimande :

— Montrez-moi votre pièce d'identité.

J'ai porté la main à mon sac banane et là, j'ai réalisé : mon permis de conduire et ma carte d'assurance santé étaient rangés dans mon portefeuille. Aujourd'hui, je m'éloignais peu de mon domicile, alors plein d'insouciance, je n'avais pris que mon porte-monnaie.

J'étais anéanti. Devant mon regard vide, le policier a lancé :

— Qu'est-ce qui vous arrive ?

Il a fait un pas de plus vers moi.

Comme j'avais mon téléphone portable, j'ai appelé Yoriko pour qu'elle me vienne en aide. Heureusement, elle est passée à la maison. Elle a apporté mon permis de conduire et m'a si bien défendu que j'ai rapidement été libre.

Je n'avais plus du tout la tête à me rendre à mon cours, qui avait déjà commencé.

— Qu'il était grossier, ce policier ! Mais toi, tu es resté fidèle à toi-même. Pourquoi étais-tu si nerveux ? a protesté Yoriko sur le chemin du retour.

— C'est que… j'étais choqué d'être traité comme un criminel. Je regardais les enfants sans arrière-pensée, je les trouvais mignons.

— Hum, a-t-elle grommelé, sourcils froncés. Mais c'était inévitable. Un homme dans cette tenue qui observe les enfants, un midi en semaine, c'est louche.

— Comment ça, « dans cette tenue » ?

Je n'en revenais pas. Mes vêtements étaient parfaitement corrects. En plus, je me voulais chic avec mon chapeau. Contre toute attente, Yoriko a désigné ma tête.

— Déjà, ta casquette. Tu la portes tellement bas qu'elle dissimule ton regard. C'est suspect.

— Ah bon ?

— Tu as mis un polo élimé avec un jogging. Tu es habillé pour rester à la maison !

Puis elle a murmuré, comme pour ellemême :

— Et pourquoi des chaussures en cuir avec un jogging ?

Tout simplement parce que je me sentais mieux dans mes vieilles chaussures de travail plutôt que dans mes baskets flambant neuves. Je pouvais les retirer aisément avant de mettre les pieds sur le tatami d'une pièce à la japonaise. Un air suspect reposait-il uniquement sur l'apparence ? Aurais-je été plus tranquille en costume ?

— Un jogging avec des chaussures en cuir, c'est si bizarre que ça ? ai-je demandé timidement.

— Il faut beaucoup de goût pour les associer avec élégance.

Je me suis rendu à l'évidence. Yoriko n'aimait pas mon style vestimentaire. Parfois, la chemise que je sortais de la penderie était subrepticement troquée contre une autre, et Yoriko m'avait demandé à plusieurs reprises de manière détournée si j'aimais mon sac banane. Elle ne m'avait jamais explicitement dit que je m'habillais mal, mais peut-être était-elle arrivée au point de non-retour.

Je me suis souvenu des paroles de Yakita sur le divorce gris. Que du jour au lendemain, sa femme n'excusait plus ce qu'elle avait toléré jusque-là...

— En tout cas, t'enfuir en voyant le policier était la pire idée qui soit.

— Je n'ai pas fui ! C'est lui qui a interprété ma réaction comme ça !

Me rappelant que j'avais été traité de grand-père, j'étais à deux doigts de retomber dans la déprime. Je me suis abstenu d'en parler à Yoriko et j'ai regardé mes chaussures en cuir, le cœur lourd.

Quelques jours plus tard, nous avons reçu un carton de mandarines de la part d'un membre de sa famille, employé d'un domaine agricole dans la préfecture d'Ehime.

— Oh, il y en a tellement ! Partageons avec M. Ebigawa. Ce sera un excellent cadeau de remerciement pour le conseil qu'il m'a donné.

Yoriko a choisi de belles mandarines et les a glissées dans un sac en plastique.

— Tiens, apporte-lui ceci.

— Moi ?

— Tu utilises notre vélo, toi aussi, non ?

— Oui, mais…

Elle n'a rien ajouté, mais pensait sans le moindre doute : « Tu n'as rien de mieux à faire, de toute façon. »

Le sac à la main, je me suis dirigé vers le bureau du concierge.

Le guichet, situé près de l'entrée, donnait sur une petite pièce comme on en voit partout. La vitre coulissante restait fermée et le concierge l'ouvrait en cas de besoin.

Ebigawa était assis derrière la vitre, sur le côté, fixant quelque chose rêveusement.

En m'apercevant, il a relevé la tête. Je l'ai hélé à travers la vitre.

Il s'est mis debout et a ouvert la porte. Depuis le seuil, je lui ai tendu le sac.

— Nous avons reçu une grande quantité de mandarines de la part d'un proche qui vit à Ehime. Tenez, en voici quelques-unes pour vous.

— Je vous remercie.

Dans son dos, un écran diffusait les images de la vidéosurveillance. Voilà ce qu'il regardait.

— Votre épouse et vous appréciez la pâte de haricot rouge *yôkan* ?

— Oui.

— On m'en a offert avant-hier, mais en vérité, je n'aime pas trop. Je serais ravi que vous l'emportiez ! Attendez-moi ici.

Il recevait sûrement toutes sortes de cadeaux. Et s'il détestait aussi les mandarines ?

J'étais là, à laisser libre cours à mes pensées, lorsque Ebigawa est entré dans son bureau.

J'y ai jeté un œil pour la première fois. Il était plus grand que je ne le pensais. De l'extérieur, il paraissait n'y avoir de place que pour la chaise d'Ebigawa, mais tout au fond, il y avait même un évier et une étagère.

Une seconde étagère métallique remplie de dossiers, une montagne de papiers sur la table, un tableau blanc accroché au mur. C'était un vrai bureau.

Et juste devant moi, la grande fenêtre du guichet.

— Une fenêtre..., ai-je laissé échapper.

Ebigawa est revenu avec le sac en papier d'une pâtisserie japonaise. Pour bien faire, j'ai engagé la conversation :

— En quoi consiste le métier de concierge ? Depuis ma retraite, je m'ennuie, donc je cherche un emploi.

C'étaient des paroles en l'air, mais une fois prononcées, je ne les ai pas nécessairement perçues comme des inepties. J'étais en bonne santé, j'avais du temps, je vivais mal mon inactivité, alors autant travailler. J'en avais bien conscience.

Mais ayant passé ma vie en entreprise, plus aucune ne m'engagerait à mon âge. C'est pour cette raison que j'avais repoussé mon départ à la retraite jusqu'à 65 ans, la limite réglementaire, et non 60 ans.

À voix basse, Ebigawa m'a invité à entrer.

— Les résidents ont l'interdiction de pénétrer dans cette pièce. Si on vous interroge, dites que nous discutions des améliorations éventuelles de l'association syndicale de propriétaires.

Pendant un moment, il m'a expliqué son travail. Ses missions, son salaire, les logements où on recrutait actuellement. J'ai appris qu'il était d'un an mon aîné.

Derrière la fenêtre, les gens circulaient vers la droite, vers la gauche.

Des résidents, des visiteurs, des livreurs.

Des enfants, des adultes, des personnes âgées.

En les observant, le poème *La Fenêtre* m'est revenu en mémoire.

« Les vagues s'approchent. Les vagues s'éloignent. »

Ainsi, Ebigawa admirait tous les jours les vagues humaines.

Inlassablement, faisant de la vie des gens son métier.

— Tous types d'individus passent devant vous, j'imagine ? ai-je demandé.

— Oui. Je trouve étrange de percevoir deux mondes bien distincts, ici et de l'autre côté, alors qu'ils ne sont séparés que par une vitre. Comme quand on va contempler les poissons à l'aquarium. Mais pour les gens de l'autre côté, c'est ce bureau qui ressemble à un bocal ! a-t-il ri.

Il avait certainement raison. Cette vitre inorganique établissait une rupture claire entre les êtres vivants.

Peu de temps avant, un jeune couple s'était disputé dans l'entrée. Ils ne devaient pas avoir conscience de la présence de l'autre côté de la vitre. Dès qu'ils m'ont vu arriver, ils se sont calmés, mais Ebigawa avait sans doute déjà tout entendu.

Une vieille dame au dos voûté s'est lentement dirigée vers la porte. Elle nous a salués d'un hochement de tête. Ebigawa et moi lui avons rendu son salut.

Je connaissais son visage, mais j'ignorais à quel étage elle habitait.

— Tant mieux ! Elle a l'air en pleine forme aujourd'hui encore, a dit Ebigawa. Elle sort toujours à peu près à la même heure. Comme elle vit seule, je m'inquiète pour elle. Il fut un temps où j'ai été chiropracteur, alors je sais à la démarche d'une personne si elle se porte bien ou pas.

— Vous avez été chiropracteur, en plus d'être gérant d'un magasin de vélos ? me suis-je étonné.

— J'ai souvent changé d'emploi. Dès qu'une nouvelle profession m'intriguait, je ne tenais plus en place ! s'est-il amusé.

— Je vois… Mais c'est fantastique, car vous amassez des compétences qui restent utiles toute votre vie !

Ebigawa a répondu d'un ton indifférent à mon admiration :

— Je n'ai jamais calculé mes choix. Je me suis juste lancé à chaque fois que mon cœur me le dictait.

Et moi, avais-je déjà ressenti cela ?

— Je me demande combien de fois j'ai changé de profession, a-t-il repris. À une période, j'ai été salarié en entreprise, mais là encore, j'ai testé diverses sociétés : usine de fabrication de papier, entreprise de nettoyage à domicile, compagnie d'assurances, magasin de vélos, restaurant de nouilles *ramen*. Ah, et un magasin d'antiquités.

— Un magasin d'antiquités ?

Après une grimace, il a continué d'un ton jovial :

— Un emploi plaisant, mais le moins lucratif que j'aie connu. À la fin, j'étais criblé de dettes et la boutique a fermé. Alors que j'étais parti travailler pour un parent éloigné, une connaissance qui m'avait prêté de l'argent a cru que je m'étais enfui, si bien que la police m'a cherché partout ! J'ai travaillé et je l'ai remboursée, mais aujourd'hui, mes clients habitués pensent toujours que j'ai fui. La police fourre son nez partout, mais une fois l'affaire résolue, elle n'informe pas les témoins des suites de l'enquête.

J'ai secoué la tête en signe d'approbation, me remémorant mon propre interrogatoire.

Pourtant, Ebigawa était serein.

— La police a fait son travail. C'est ma faute, j'aurais dû contacter la personne en question.

J'ai cessé de hocher la tête. En effet, le jeune policier avait fait son travail, il protégeait les enfants. Une attitude louable.

— Le malentendu est dissipé aujourd'hui ?

— Oui, a-t-il dit avec le sourire. Un de mes clients, qui travaille pour une compagnie d'assurances, connaît mon employeur. Nous nous sommes croisés par hasard. Il m'a appris qu'un lycéen qui venait souvent dans ma boutique se préparait à ouvrir son magasin d'antiquités. Autrefois, il avait moins de 20 ans, mais il en a 35 aujourd'hui. Mes affaires n'ont pas marché, mais si j'ai pu donner l'envie à quelqu'un d'ouvrir un commerce, j'en suis enchanté.

J'ai regardé son visage. Des rides profondes. Une peau sèche.

Il semblait prendre la vie avec philosophie et avait vraiment l'apparence d'un ermite, ainsi que l'avait dit Yoriko.

Grâce à diverses professions et expériences, il avait réussi l'exploit de changer de manière positive la vie de quelqu'un. À coup sûr, il avait apporté de la lumière à bien d'autres personnes.

— Je vous applaudis, ai-je dit, plein d'humilité. Jusqu'à présent, je me suis contenté d'obéir aux ordres dans mon entreprise. Ma vie n'a jamais influencé quiconque. À ma retraite, je suis devenu inutile à la société.

Il a ricané doucement.

— Pour vous, c'est quoi, la société ? L'entreprise ?

J'ai pressé ma poitrine avec ma main, comme si j'avais reçu une flèche en plein cœur. Ebigawa a lancé un léger signe du menton en direction de la vitre.

— L'appartenance à un groupe est une notion ambiguë. Dans un même lieu, une simple plaque transparente comme celle-ci établit une séparation avec l'autre côté. Mais retirez-la, et on fait partie d'un tout. Regarder et être regardé, c'est du pareil au même.

Il m'a fixé des yeux.

— Monsieur Gonno, je pense que deux personnes qui sont en lien forment déjà une société. Grâce à un point de tangente, passé ou futur.

« Un point de tangente, passé ou futur »… Les mots de l'ermite étaient si recherchés que je les comprenais mal.

Oui, pour moi, la société, c'était l'entreprise. Désormais, je considérais qu'elle était de l'autre côté de la vitre. Dans un monde que je pouvais seulement observer par une fenêtre, un monde visible, mais intouchable.

De même, alors que dans cet immeuble, je passais habituellement derrière le guichet, à ce moment précis, je m'y entretenais avec Ebigawa.

Si je réfléchissais à sa manière, puisque nous possédions un point de tangente en cet instant, nous formions… une société ?

« Les vagues s'approchent. Les vagues s'éloignent. Les vagues lèchent le vieux mur en pierre. »

On n'évite pas les lames qui déferlent sur la société.

Je me demandais de quelle fenêtre Shinpei Kusano avait observé la mer.

Pourquoi s'était-il placé à une fenêtre et non sur le rivage ?

Il avait probablement conscience de la beauté et du caractère effrayant de l'océan. Peut-être voulait-il observer ce monde en spectateur, à l'abri d'une vitre.

Bien sûr, ce n'étaient que des suppositions.

Mais rien qu'un peu, un tout petit peu… j'ai eu l'impression de partager un instant de vie avec lui.

Le lendemain midi, je me suis rendu seul à la librairie Meishin. Je n'en avais rien dit à ma femme, mais comme j'avais emporté deux mandarines, elle avait sûrement deviné.

Chié rangeait le rayon des livres de poche. Je l'ai appelée.

— Tu viens souvent ces derniers temps ! a-t-elle ri.

Au-dessus d'une pile se trouvait une fiche coup de cœur d'un rose guilleret. Des feuilles y étaient dessinées et *Le Platane rose* était écrit en trois dimensions.

— C'est toi qui l'as faite, celle-là aussi ?

— Oui. Le livre de Mizue Kanata va être adapté au cinéma.

Une photo de deux célèbres actrices figurait sur le bandeau. Elles tenaient certainement les rôles principaux.

— C'est un excellent roman ! s'est extasiée Chié. Les dialogues sont décontractés et touchants. Et pas seulement pour le lectorat féminin, car un homme de ton âge m'a raconté avoir été ému aux larmes. J'adore le fait qu'il ait été édité en livre après sa publication en feuilleton. Ça permet de toucher un large public.

— Je vois, ai-je dit en regardant Chié, que je sentais passionnée.

— Tu es venu acheter un livre ?

— Non… J'avais une question à te poser.

Elle a inspecté les alentours avant de murmurer :

— Je suis bientôt en pause déjeuner, tu veux bien m'attendre ? On ira manger ensemble.

Sa pause durait quarante-cinq minutes. Elle a retiré son tablier, puis nous sommes montés à l'étage des restaurants. Nous en avons choisi un de nouilles *soba* et nous nous sommes assis l'un en face de l'autre.

Après avoir bu une gorgée de thé *hôjicha*, Chié a poussé un soupir.

— Tu es débordée ? ai-je demandé.

— Aujourd'hui, pas tant que ça.

J'ai regardé ses doigts tenant la tasse et remarqué ses ongles coupés court. Du temps de l'université, elle enduisait ses longs ongles de vernis multicolores.

— J'ai réclamé un contrat à durée indéterminée, mais bien entendu, on me l'a refusé, a-t-elle dit avec amertume.

Je savais qu'elle travaillait depuis cinq ans, mais pas qu'il était si difficile de passer du statut de contractuelle à celui d'employée permanente. Le milieu des libraires paraissait rigide.

— Oh, c'est dommage.

— Mais au moins, j'ai mon emploi.

Nos plats ont été servis. Chié avait commandé des *soba* avec des beignets *tempura* et moi, un bol de nouilles *udon* avec une tranche de *tofu* frit.

— Le nombre de librairies diminue parce que les livres ne se vendent plus, ai-je affirmé en plongeant ma tranche de *tofu* dans le bouillon.

— Ne dis pas ça, s'est-elle vexée. C'est ce qui va arriver si les gens répètent ces bêtises sans savoir ! Il y aura toujours des personnes pour qui les livres sont une nécessité et des rencontres importantes en librairie entre un livre et un lecteur. Je refuse qu'elles disparaissent.

Elle a aspiré ses nouilles.

Malgré ses regrets de ne pas être devenue employée permanente, elle avait de très belles pensées.

C'était peut-être ça, être habité par une passion. Visiblement, elle adorait les livres autant que son travail.

— Excuse-moi. Je sais que tu fais de ton mieux. Tu as dépassé ton père, et de loin, ai-je dit en reposant mes baguettes.

Ma fille a secoué la tête.

— Je t'admire d'avoir travaillé ta vie entière dans la même entreprise. C'est fort, ce que tu as fait. En plus, tout le monde aime les Honey Dome.

— Mais ce n'est pas moi qui les faisais.

Au souvenir de cette même discussion avec Komachi, j'ai repris mes baguettes. Chié a froncé les sourcils.

— Et alors ? Je vends des livres que je n'ai pas écrits ! Mais ça me plaît de vendre un ouvrage que j'affectionne. C'est ce qui me motive pour écrire une fiche coup de cœur. Les titres que je recommande, émotionnellement, c'est comme si c'étaient les miens, ne serait-ce qu'un peu.

Elle a mordu dans un *tempura*.

— Sans la foule d'employés qui gèrent la communication et la vente, ceux qui confectionnent des livres ou des biscuits ne peuvent pas aller bien loin. À ton avis, combien de personnes sont impliquées entre le moment où un livre est écrit et celui où le lecteur le tient entre ses mains ? Je fais partie de ce processus, moi aussi, et j'en suis fière.

Je l'ai regardée. Elle n'avait jamais parlé de son travail avec une telle conviction. Sans que je m'en aperçoive… elle était devenue adulte.

Je ne préparais pas les Honey Dome. Mais comme Chié, j'avais travaillé avec zèle, toujours fier de leur qualité. En effet, peut-être que je faisais partie du processus permettant à quelqu'un de les manger avec le sourire. Cette pensée était comme une récompense pour mes quarante-deux ans de carrière.

— Ah, au fait…

Ses *soba* terminées, Chié a attrapé son *tote bag*. Elle en a sorti *Astragales et grenouilles*.

— Apprendre que tu lisais Shinpei Kusano m'a fait tellement plaisir que je l'ai acheté, a-t-elle annoncé en le feuilletant. J'aime beaucoup *La Fenêtre*. Il n'a rien à voir avec les autres poèmes du recueil.

— Le titre ne t'a pas déroutée ? ai-je demandé, heureux que nous ayons été attirés tous les deux, père et fille, par le même texte.

— Hum…, a-t-elle réfléchi, le nez dans le livre. Quand tu dors à l'hôtel, tu es ému de voir la mer en ouvrant la fenêtre, non ? Tu ne voyais que l'intérieur de ta chambre, et d'un coup, tu constates qu'au-dehors, le monde est vaste. Tu compares ta vie à l'étendue de la mer, en respirant l'air marin…

Elle a plaqué le livre ouvert contre sa poitrine, s'abandonnant à son imagination. Je ne m'y attendais pas. Avec le même poème, nous avions visualisé deux scènes totalement différentes.

Le Shinpei Kusano qui vivait en Chié s'avérait joyeux et positif.

J'ai pensé du fond du cœur que la poésie était un art magnifique.

La vérité, seul l'auteur la connaissait. Mais chaque lecteur interprétait le texte à sa manière, et c'était là tout l'intérêt. Chié a refermé le livre, caressant délicatement les grenouilles de la couverture.

— Lorsque j'achète un livre, en tant que lectrice, je fais aussi partie du processus. Les employés ne sont pas les seuls à faire tourner le secteur de l'édition, car en premier lieu viennent les lecteurs. Un livre appartient à ceux qui le font, à ceux qui le vendent et à ceux qui le lisent. Voilà ce qu'est la société.

« La société »…

J'ai réalisé que le monde ne tournait pas uniquement grâce aux travailleurs…

Chié a rangé le livre dans son sac. Elle y avait accroché le crabe, que j'ai désigné du doigt.

— Tiens ?

— Ah, ça ? Il est si mignon que j'y ai fixé une épingle à nourrice pour en faire une broche. C'est joli, non ? a-t-elle dit avec l'air innocent d'une fillette.

J'ai trouvé cela parfait. Ce crabe mènerait une vie bien plus agréable qu'avec moi.

Chié a posé les yeux sur lui avec un sourire.

— Tu te souviens des courses de crabe parent-enfant, à l'école ?

— Les quoi ?

— Tu as oublié ? a-t-elle ri. Lors de la journée sportive, quand j'étais en troisième année, on avait fait une course dos à dos, en marchant comme un crabe. On avait fini derniers, mais bon !

— C'est vrai.

— Tu m'avais expliqué que c'était rigolo de marcher comme un crabe. Que le paysage défilait de côté, alors on avait une vision élargie du monde.

J'avais dû dire cela sans réfléchir. Mais la mémoire de Chié ne la trahissait certainement pas. Elle a courbé la tête, l'air embarrassée.

— Depuis que je suis adulte, je me rappelle tes paroles de temps en temps. Si je me cantonne à regarder droit devant, mon champ de vision se rétrécit. Alors, quand des soucis me bloquent, je pense à changer radicalement de point de vue, à marcher comme un crabe, épaules relâchées.

Ses mots m'ont profondément ému.

J'ai tenté de retenir mes larmes, de toutes mes forces.

« Je me suis toujours inquiété pour toi. Jusqu'à ce que tu sois grande, j'avais été tellement accaparé par mon travail que j'avais laissé Yoriko s'occuper de toi. »

Je croyais que nous partagions peu de souvenirs. Que je n'avais probablement rien enseigné à ma propre fille.

« Deux personnes qui sont en lien forment déjà une société. Grâce à un point de tangente, passé ou futur. »

J'ai enfin compris le sens des paroles d'Ebigawa.

Il n'y avait pas que l'entreprise. Une « société » germait aussi entre parents et enfants. Les mots que j'avais prononcés de manière irréfléchie quand Chié était petite, elle les avait interprétés avec attention et se les était appropriés. Quant à moi, j'étais bouleversé qu'elle ait grandi.

Le crabe sur son sac me scrutait, prêt à déguerpir.

Jusqu'à ce jour, j'avais toujours marché vers l'avant. Je pensais que la vie se développait en face de moi.

Aujourd'hui, quel paysage verrais-je en regardant sur les côtés ?

Quel impact cela aurait-il sur ma fille et ma femme, sur ma vie quotidienne ?

Chié a agité la main en direction du serveur pour qu'il lui remplisse sa tasse de thé. Puis elle m'a observé, comme se souvenant de quelque chose.

— Au fait, qu'est-ce que tu voulais me demander ?

Quelques jours plus tard, en début d'après-midi, je suis allé rendre mes livres à la bibliothèque.

L'homme à la chemise verte collait une affiche sur le paravent.

— Hiroya, un peu plus en haut à droite, s'il te plaît.

Nozomi, à peu de distance de là, lui donnait des instructions. Hiroya a retiré la punaise en haut à droite et a repositionné l'affiche.

Elle signalait la tenue de l'événement : « Une journée dans la peau d'une bibliothécaire ». Un mouton tenant un livre ouvert y était dessiné. Ses cornes en spirale ressemblaient à des êtres vivants à part entière. Ce dessin possédait un charme étrange, attirait le regard par son côté mystérieux.

Je les ai dépassés en les saluant. Nozomi m'a souri.

— Ah, bonjour !

Derrière le paravent, Komachi maniait l'aiguille, comme d'habitude. En me voyant, elle a stoppé sa main, puis ses yeux se sont focalisés sur le logo du sac en papier que je tenais : Kuremiyadô.

— Tenez, c'est pour vous.

J'en ai sorti une boîte de douze Honey Dome.

Komachi a porté les mains à son visage.

— Ça me fait tellement plaisir..., a-t-elle soupiré.

Désormais, j'offrirais et savourerais ces gâteaux avec confiance et fierté. Car émotionnellement, c'étaient les miens.

Komachi s'est levée et m'a remercié en attrapant la boîte.

— Madame Komachi, vous m'avez demandé si les deux derniers biscuits d'une boîte de douze étaient l'« excédent ». Je crois que j'ai trouvé la réponse.

La boîte entre les mains, elle m'a regardé. Je lui ai adressé un sourire.

— Les deux derniers sont exactement identiques aux autres. Tous les Honey Dome ont de la valeur.

Oui. À présent, je saisissais.

Chaque jour était précieux.

Le jour de ma naissance, aujourd'hui, les nombreux lendemains.

L'air satisfait, Komachi a ri et s'est assise en serrant la boîte contre elle.

— J'ai une question à vous poser, ai-je demandé doucement.

— Laquelle ?

— Comment choisissez-vous le petit plus ?

Pour les livres, elle savait d'expérience et d'instinct ce qui convenait à chaque lecteur. Mais elle n'avait aucun moyen de deviner pour les crabes du supermarché et la marche du crabe avec ma fille.

Je m'attendais à une technique secrète incroyable, mais elle a répondu avec nonchalance :

— Au hasard.

— Quoi ?

— Si vous préférez une expression plus jolie : à l'inspiration.

— L'inspiration…

— Si ça a eu une signification pour vous, j'en suis ravie. Vraiment.

Elle m'a fixé droit dans les yeux.

— Mais en vérité, je ne sais rien et je ne vous ai rien offert. Chacun trouve un sens qui lui est propre au petit plus. De même pour les livres. Le lecteur associe des phrases à sa propre vie et en retire quelque chose de personnel, sans lien avec l'objectif initial de l'auteur.

Komachi a brandi la boîte de gâteaux.

— Merci infiniment, a-t-elle répété. Je les dégusterai avec mon mari.

Cette boîte de Honey Dome serait ouverte au sein du couple et ravirait leurs yeux, leurs papilles et leurs cœurs. J'étais honoré de faire partie de ce processus.

Nous étions au début du mois de mai.

Par cette journée ensoleillée, j'avais rendez-vous après le déjeuner avec Yoriko, dans le hall du centre communal situé près du parc. Le matin, elle y avait donné un cours d'informatique pour des seniors, et nous devions aller pique-niquer ensuite.

Nous cheminions tous les deux dans le parc où les feuilles des cerisiers avaient bien poussé.

Mon sac à dos renfermait des *onigiri*. C'était une surprise. Je m'étais entraîné plusieurs fois en cachette, dès que Yoriko sortait. J'avais mené l'enquête auprès de Chié dans le restaurant de *soba* pour connaître l'assaisonnement préféré de mon épouse.

Des feuilles de *nozawana*.

J'ai été étonné. Heureusement que j'avais interrogé Chié ! De moi-même, je n'y aurais jamais pensé, car je n'en avais jamais rien su. Tandis que Yoriko connaissait mon *onigiri* préféré.

Nous nous sommes installés sur un banc et, à la vue des boules de riz sous Cellophane, Yoriko s'est enthousiasmée. Elle nous a regardés tour à tour, les *onigiri* et moi, avant de mordre dedans et d'ouvrir grands les yeux :

— Du *nozawana* !

J'ignorais si elle était touchée. Mais sa mine réjouie m'a comblé.

— Masao, quand j'ai été licenciée, tu te souviens que tu m'as emmenée jusqu'à la préfecture de Nagano ? a-t-elle demandé soudain, tête basse.

— Euh, oui.

Quand elle avait 40 ans, son entreprise, en perte de vitesse, avait annoncé une vague de licenciements. Ses supérieurs avaient estimé que son mari pouvait l'entretenir.

Elle m'avait confié, en pleurs :

— C'est dur, car mon renvoi n'est pas lié à mes compétences professionnelles.

Je ne savais pas comment la réconforter, tant je m'exprimais mal, alors je l'avais invitée à faire une balade en voiture. Je m'étais dit que nous pourrions rejoindre une source thermale *onsen* afin de lui changer les idées, en faisant l'aller-retour dans la journée.

— À ce moment-là, a-t-elle continué en observant la boule de riz qu'elle tenait dans sa main, quand j'ai vu ton profil depuis le siège passager, j'ai réalisé que je croyais avoir perdu une énorme part de moi-même pour avoir été virée, alors que c'était faux. Car rien n'avait changé en moi. Je m'étais juste éloignée de l'entreprise où j'avais mené toute ma carrière. Vraiment, ce n'était rien de plus. La satisfaction au travail, les bons moments en compagnie de collègues dont j'étais proche, je pouvais toujours les obtenir de moi-même. C'est ce qui m'a conduit à être indépendante.

Yoriko a tourné la tête vers moi, le sourire aux lèvres.

— Le *nozawana* qu'on a goûté à Nagano à cette époque était si délicieux que ça m'a marquée. C'est pourquoi j'adore ce légume.

Je lui ai rendu son sourire. J'avais un peu triché en questionnant Chié au sujet du *nozawana*, mais Yoriko ne m'en tiendrait pas rigueur. Parce que jamais je n'oublierais ce moment précis, où nous mangions côte à côte nos *onigiri*.

Je retirais moi aussi la Cellophane, lorsque ma femme a dit :

— M. Yakita était ravi que tu poursuives les cours. Le go te plaît ?

J'avais payé d'avance les séances du mois de mai.

J'avais repris la lecture des manuels conseillés par Komachi. Sans tout comprendre, j'avais réussi à me familiariser avec les règles du jeu, car j'avais déjà touché les pierres au premier cours. Sans cela, je n'y serais certainement pas parvenu du tout. Cette première expérience changeait grandement les choses. Je voulais également découvrir en quoi chaque partie était une aventure.

— C'est un jeu complexe. J'oublie tout au fur et à mesure que j'apprends ! ai-je plaisanté. Mais ça ne me gêne pas, car j'aime comprendre chaque nouvelle règle. J'ai envie de suivre les cours encore un peu.

Est-ce que ça me serait utile ? Est-ce que j'en serais capable ? Voilà le genre de questionnement qui m'avait toujours freiné. Mais la pensée que l'essentiel était l'intérêt que je leur portais m'a incité à me lancer dans plusieurs activités.

Je voulais fabriquer des nouilles *soba*, visiter des sites historiques, suivre des cours d'anglais sur Internet, après avoir appris à l'utiliser grâce à Yoriko. J'étais même tenté d'essayer le feutrage à l'aiguille. Ainsi que de postuler à une annonce pour un emploi attrayant.

Je croquerais la vie à pleines dents. Avec une vision élargie du monde.

J'ai avalé mon *onigiri* et, chaussé de mes baskets, je me suis promené dans le parc verdoyant de ce début d'été.

Les oiseaux chantaient. Le vent soufflait. À côté de moi, Yoriko riait.

Je ne reculerais pas.

Dorénavant, je réunirais ce que j'aime, avec grand soin. Dans mon propre recueil.

J'ai prononcé des vers tels qu'ils me sont venus à l'esprit :

« Marche, marche, Masao
Savoure, savoure Masao
Oh, près de lui, se tient Yoriko. »

— Qu'est-ce que tu racontes ? a lancé mon épouse, les yeux écarquillés.

— C'est l'*Hymne à Masao*.

Yoriko a acquiescé :

— Ce n'est pas mal du tout !

Liste des livres cités

『ぐりとぐら』 中川李枝子 文 大村百合子 絵 福音館書店

Guri et Gura, texte de Rieko Nakagawa et illustrations de Yuriko Ohmura, publié par Fukuinkan Shoten.

Album pour enfants.

『英国王立園芸協会とたのしむ 植物のふしぎ』 ガイ・バーター著 北綾子訳 河出書房新社

Pourquoi mon compost est-il chaud ? et autres questions essentielles sur le jardin, de Guy Barter (membre de la Royal Horticultural Society), publié par Kawade Shobo Shinsha.

『月のとびら』 『新装版 月のとびら』 石井ゆかり著 阪急コミュニケーションズ/ CCCメディアハウス

La Porte de la Lune, de Yukari Ishii, publié par Hankyu Communications (première édition) et CCC Media House (nouvelle édition).

Livre sur l'astrologie.

『21エモン』 藤子・F・不二雄著 小学館

21 Emon, texte et illustrations de Fujiko F. Fujio, publié par Shogakukan.

Manga.

『らんま1/2』『うる星やつら』『めぞん一刻』 高橋留美子著 小学館

Ranma 1/2, Urusei Yatsura, Maison Ikkoku, texte et illustrations de Rumiko Takahashi, publié par Shogakukan.

Mangas.

『漂流教室』 楳図かずお著 小学館

L'École emportée, texte et illustrations de Kazuo Umezu, publié par Shogakukan.

Manga d'horreur.

『MASTERキートン』 浦沢直樹著 小学館

Master Keaton, texte et illustrations de Naoki Urasawa, publié par Shogakukan.

Manga.

『日出処の天子』 山岸涼子著 白泉社

L'Empereur du pays du Soleil levant, texte et illustrations de Ryôko Yamagishi, publié par Hakusensha.

Manga.

『北斗の拳』 武論尊原作 原哲夫作画 集英社

Le Poing de l'Étoile polaire, texte de Buronson et illustrations de Tetsuo Hara, publié par Shueisha.

Manga.

『ビジュアル 進化の記録 ダーウィンたちの見た世界』 デビッド・クアメン ジョセフ・ウォレス著 渡辺政隆監訳 ポプラ社

Évolution : La Théorie en images, de Robert Clark et Joseph Wallace, publié par POPLAR.

『火の鳥』 手塚治虫著 KADOKAWA

Phénix, l'oiseau de feu, texte et illustrations d'Osamu Tezuka, publié par Kadokawa.

Manga.

『げんげと蛙』草野心平著 銀の鈴社

Astragales et grenouilles, de Shinpei Kusano, publié par Gin-no-Suzu.

Poésie.

13803

Composition
NORD COMPO

Achevé d'imprimer à Barcelone
par CPI Black Print
le 5 mars 2024

Dépôt légal avril 2023
EAN 9782290384275
OTP L21EPLN003411-635248-R5

ÉDITIONS J'AI LU
82, rue Saint-Lazare, 75009 Paris

Diffusion France et étranger : Flammarion